English Pronunciation
英語發音

黃正興 編著

三民書局

©　英語發音(含2片CD)

編 著 者	黃正興
發 行 人	劉振強
著作財產權人	三民書局股份有限公司
發 行 所	三民書局股份有限公司
	地址　臺北市復興北路386號
	電話　(02)25006600
	郵撥帳號　0009998-5
門 市 部	(復北店)臺北市復興北路386號
	(重南店)臺北市重慶南路一段61號
出版日期	初版一刷　中華民國八十七年十月
	初版十五刷　中華民國一〇五年七月
編 　 號	S 80199A

行政院新聞局登記證局版臺業字第〇二〇〇號

有著作權·不准侵害

471 0841 109362

http : // www.sanmin.com.tw　三民網路書店

※本書如有缺頁、破損或裝訂錯誤,請寄回本公司更換。

The Organs of Pronunciation 英語發音器官

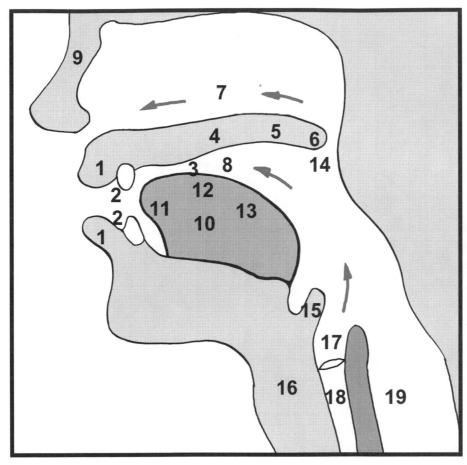

* 白色部份為發聲發氣所經之路徑

1. Lips 唇
2. Teeth 齒
3. Upper gum ridge 上牙齦
4. Hard palate 硬顎
5. Soft palate 軟顎
6. Uvula 小舌
7. Nasal passage 鼻腔
8. Mouth 口
9. Nose 鼻
10. Tongue 舌

11. Tip of tongue 舌前
12. Middle of tongue 舌中
13. Back of tongue 舌後
14. Pharynx 咽
15. Epiglottis 會厭
16. Larynx 喉頭
17. Vocal cords 聲帶
18. Trachea 氣管
19. Esophagus 食道

自　　序

美國著名教育學者杜威博士 (Dr. John Dewey) 對於教育學習理論，主張「做中學」 (Learning by doing)，強調動態經驗之學習。此即在闡釋實際多練習的重要性。

語言之學習尤重視多練習。口語溝通亦重發音之正確練習，能多練習才能有字正腔圓之音，也才能準確地傳達信息，達到正確溝通的效果。

本書即針對著「實際多練習之效用」而設計，以達到字正腔圓的英語發音的目標。本書以 K.K. 音標為主，具特色如下：

1. **透徹的技巧分析**：對於各發音器官的圖形簡介，發音部位之解釋，發音技巧之分析，皆有詳盡的圖例與說明。

2. **詳細的音標分類**：依母音及子音來分類，舉出各種發相同母音或子音的字母組合與類型，並各舉例練習，以增加學習效果。

3. **差異的對比練習**：將類似音標作對比練習，舉以實例，以體會出各音之差異性，而學到正確的發音。

4. **獨特的句子範例**：除了單字個別練習外，尤須將單字放於句子中，作實例之練習，以體會在實際口語及文章中各字之發音技巧。

5.**優美的歌章欣賞**：由歌詞及英詩文章中，除學習字詞之美外，並可體會歌詞及英詩之抑揚頓挫，欣賞語言之優美。

另外，對於整體上的發音技巧，本書以〈Do You Know?〉的方式說明，如〈英語拼音要領〉，〈字尾加 "s" 或 "es" 的讀法〉等。尤其，附錄一〈K.K. 音標總表〉，附錄二〈英語字母讀音法分析〉，附錄三〈不發音字分析〉，以及每課後所附之習題等，皆可作為學習的複習或配合教學作為教學評量之用。

優良的書尤須本著杜威博士的「做中學」理論去實際經驗。有了實際的體驗及練習，則必能收到豐碩的學習效果。

本書雖精心編纂，仍難免有疏漏之處，尚祈方家讀者，不吝指正。

黃正興 謹誌

1998 年 9 月

英語發音
English Pronunciation

母音篇

子音篇

目　　錄

發音緒論

1.美音和英音

一般所說的美音，是指在美國本上中，廣為使用的標準美國英語的發音。英音是指在英格蘭南部地區受過良好教育的人士所使用的發音。除此之外，例如澳洲英語等，有特別的發音，但是最基本的還是要先學會最常用的美音。

2.母音和子音

從聲帶發出的聲音在口腔中不受任何阻礙，自由地發出的，就是「母音」。聲音或是氣流暫時受到舌頭、嘴唇、上顎等阻礙而產生破裂、摩擦等，就是「子音」。子音中，[r]、[j]、[w]因摩擦少，近似母音，亦稱「半母音」。

3.有聲音和無聲音

聲帶振動而發出的聲音稱為「有聲音」，聲帶沒有振動，只有氣流發出的聲音稱為「無聲音」。母音均屬有聲音，而子音則可分為有聲子音和無聲子音。

4.母音 (vowel)

在母音的種類中，有短母音，長母音，雙母音等。並且根據強弱（重音）出現與否，有強母音和弱母音的區別。

產生不同母音的原因是，嘴的張開程度，舌的位置，唇形圓不圓，有無緊張等，這其中最重要的是舌位的高低。

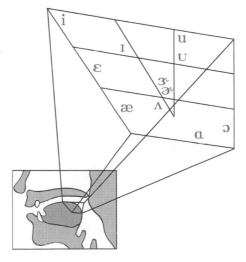

5.母音表圖

單母音		雙母音	
i	ɪ	ɪr	aɪ
e	ɛ	æ	ɛr	aʊ
u	ʊ	ʊr	o
ɔ	ɑ	ʌ	ɔr	ɔɪ
ɝ	ɚ	ə	ɑr

6.子音 (consonant)

　　分無聲子音和有聲子音，通常兩兩成對。子音對於舌頭、嘴唇等的運用尤其多。

A. **爆發音**　暫時阻礙氣流的通路，然後突然打開通路，使氣流釋出。一共有三對六個的爆發音。

　　1.[p] [b] —— put; book
　　2.[t] [d] —— tie; red
　　3.[k] [g] —— keep; egg

B. **鼻音**　阻礙氣流在口腔的通路，讓聲音從鼻子發出。一共有三個鼻音，都是有聲子音。

　　1.[m] —— my; him
　　2.[n] —— no; pin
　　3.[ŋ] —— king; sing

C. **邊音**　從舌頭的兩側發出的聲音。

　　1.[l] —— let; bell

D. **摩擦音**　氣流在口腔的某一部份受到阻塞，產生摩擦而發出的聲音。

　　1.[f] [v] —— fat; vote
　　2.[θ] [ð] —— thick; this

3.[s] [z] —— say; zoo

4.[ʃ] [ʒ] —— fish; vision

5.[tʃ] [dʒ] —— check; joke

6.[h] —— hat; hot

E. 半母音　雖然是子音，但是因為摩擦甚小，近似於母音，所以稱作半母音。

1.[r] —— red; rat

2.[j] —— yes; young

3.[w] —— we; well

4.[hw] —— where; what

7.子音表圖

無聲	有聲	m
p	b	n
t	d	ŋ
k	g	l
f	v	h
θ	ð	r
s	z	j
ʃ	ʒ	w
tʃ	dʒ	hw

發音總表： Vowel 母音

課別	音標		國語注音	發音位置	舌的高度	雙唇狀態	範例
	K.K.	D.J.					
1	i	i:	ㄧ	舌前	高階	平開	teach [titʃ] meat [mit]
2	ɪ	i	·ㄧㄝ	舌前	高階	張開	sit [sɪt] busy [ˈbɪzɪ]
3	ɛ	e	·ㄟ	舌前	中階	張開	bed [bɛd] many [ˈmɛnɪ]
4	æ	æ	·ㄞ·ㄢ	舌前	低階	完全張開	map [mæp] hat [hæt]
5	ɑ	ɒ	ㄚ	舌後	低階	張開	pot [pɑt] hot [hɑt]
6	ɔ	ɔ:	ㄛ	舌後	低階	圓形張開	law [lɔ] dog [dɔg]
7	ʊ	ʊ	·ㄨ	舌後	高階	微圓形	look [lʊk] put [pʊt]
8	u	u:	ㄨ	舌後	高階	微圓形	rule [rul] soup [sup]
9	ʌ	ʌ	·ㄚ與·ㄜ	舌中	中階	張開	cut [kʌt] lucky [ˈlʌkɪ]
10	ɚ ɝ	əːr ɜ:	·ㄦ	舌中	中階	半張開	girl [gɝl] world [wɝld]
11	ə	ə	·ㄜ	舌中	中階	半張開	above [əˈbʌv] ago [əˈgo]

1.K.K. 代表 Kenyon-Knott，為美國兩位語言學家 John Samuel Kenyon 及 Thomas Albert Knott 所創之音標符號系統。

2.D.J. 代表 Daniel Jones，為英國語言學家。

發音總表： Diphthong 雙母音

課別	音標		國語注音	發音位置	舌的高度	雙唇狀態	範　例
	K.K.	D.J.					
12	e	ei	ㄟㄧ	舌前	中階	張開	make [mek] rain [ren]
13	aɪ	ai	ㄞㄧ	舌前→舌前	低階→高階	張開	eye [aɪ] like [laɪk]
14	ɔɪ	ɔi	ㄛㄧ	舌後→舌前	低階→高階	張開	toy [tɔɪ] oil [ɔɪl]
15	aʊ	aʊ	ㄠㄨ	舌後→舌後	低階→高階	張開、寬	cow [kaʊ] mouth [maʊθ]
16	o	oʊ	ㄡㄨ	舌後→舌後	中階→高階	圓形	note [not] boat [bot]
17	ɪr	ɪəʳ	ㄧㄦ	舌前→舌中	高階→中階	張開	hear [hɪr] deer [dɪr]
18	ɛr	eəʳ	ㄟㄦ	舌前→舌中	中階→中階	張開	care [kɛr] bear [bɛr]
19	ɑr	ɑːʳ	ㄚㄦ	舌後→舌中	低階→中階	完全張開	car [kɑr] heart [hɑrt]
20	ɔr, or	ɔːʳ	ㄛㄦ	舌後→舌中	低階→中階	全開	for [fɔr] war [wɔr]
21	ʊr	ʊəʳ	ㄨㄦ	舌後→舌中	高階→中階	圓形、半開	poor [pʊr] tour [tʊr]

發音總表： Consonant 子音

課別	音標 K.K.	音標 D.J.	國語注音	發音部位	發音種類	聲音氣息	範例
22	p	p	˙ㄆ	上下唇	爆發音	有氣無聲	pie [paɪ] ship [ʃɪp]
23	b	b	˙ㄅ	上下唇	爆發音	有氣有聲	by [baɪ] cab [kæb]
24	t	t	˙ㄊ	牙齦與舌尖	爆發音	有氣無聲	tie [taɪ] get [gɛt]
25	d	d	˙ㄉ	牙齦與舌尖	爆發音	有氣有聲	day [de] red [rɛd]
26	k	k	˙ㄎ	軟顎與舌後	爆發音	有氣無聲	keep [kip] make [mek]
27	g	g	˙ㄍ	軟顎與舌後	爆發音	有氣有聲	gay [ge] egg [ɛg]
28	f	f	˙ㄈㄨ	上齒與下唇	摩擦音	有氣無聲	fat [fæt] knife [naɪf]
29	v	v	˙ㄈㄨ（近）	上齒與下唇	摩擦音	有氣有聲	vote [vot] give [gɪv]
30	θ	θ	ㄙ（近）	上下齒與舌端	摩擦音	有氣無聲	thick [θɪk] both [boθ]
31	ð	ð	ㄖ（近）	上下齒與舌端	摩擦音	有氣有聲	this [ðɪs] bathe [beð]
32	s	s	ㄙ	上牙齦與舌端	摩擦音	有氣無聲	say [se] miss [mɪs]
33	z	z	ㄖ	上牙齦與舌端	摩擦音	有氣有聲	zoo [zu] his [hɪz]
34	ʃ	ʃ	ㄒ（近）	硬顎與牙齦	摩擦音	有氣無聲	sheep [ʃip] fish [fɪʃ]

35	ʒ	ʒ	·ㄖㄩ	硬顎與牙齦	摩擦音	有氣有聲	vision [ˈvɪʒən] usual [ˈjuʒʊəl]
36	h	h	ㄏ	聲門	摩擦音	有氣無聲	hat [hæt] hen [hɛn]
37	tʃ	tʃ	·ㄑㄩ	硬顎與牙齦	摩擦音	有氣無聲	check [tʃɛk] pitch [pɪtʃ]
38	dʒ	dʒ	·ㄐㄩ	硬顎與牙齦	摩擦音	有氣有聲	joke [dʒok] bridge [brɪdʒ]
39	m	m	·ㄇ（前） ㄇㄨ（後）	雙唇	鼻音	有氣有聲	my [maɪ] him [hɪm]
40	n	n	ㄋ（前） ㄣ（後）	牙齦	鼻音	有氣有聲	night [naɪt] pin [pɪn]
41	ŋ	ŋ	ㄥ	軟顎	鼻音	有氣有聲	king [kɪŋ] sing [sɪŋ]
42	r	r	ㄖ（前） ㄦ（後）	後牙齦	半母音	有氣有聲	rat [ræt] fire [faɪr]
43	l	l	ㄌ（前） ㄛ（後）	牙齦	邊音	有氣有聲	light [laɪt] bell [bɛl]
44	j	j	一	硬顎	半母音	有氣有聲	yes [jɛs] young [jʌŋ]
45	w	w	ㄨ	雙唇	半母音	有氣有聲	wall [wɔl] queen [kwin]
46	hw	hw	·ㄏㄨㄛ	雙唇	半母音	有氣有聲	what [hwat] when [hwɛn]

母音篇
Vowel

Lesson 1

[i]

A. Pronouncing Skills

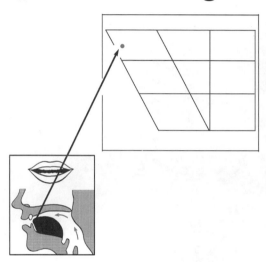

發音位置	舌前
舌的高度	高階
雙唇狀態	平開
發音要訣	大致與「衣」的音相同；發音的部位和[ɪ]相似，但發音時肌肉緊張使舌根往前移。 teach [titʃ] meat [mit] people [ˋpipl̩]
如國語注音	一

B. Pronunciation

1. **ee**

bee [bi] 蜜蜂　　　　　　week [wik] 星期
see [si] 看　　　　　　　sleep [slip] 睡
need [nid] 需要　　　　　sheep [ʃip] 綿羊
keep [kip] 保持

2. **ea**

eat [it] 吃   meat [mit] 肉
tea [ti] 茶   peach [pitʃ] 桃子
beat [bit] 打   reach [ritʃ] 到達
each [itʃ] 每一

3. **ie**

brief [brif] 簡要的   thief [θif] 小偷
chief [tʃif] 主要的   piece [pis] 件；片
field [fild] 田野

4. **e**

be [bi] 是   we [wi] 我們
he [hi] 他   she [ʃi] 她
me [mi] 我   key [ki] 鑰匙

C. Contrasting Pairs

[i]	and	[ɪ]
eat [it] 吃		it [ɪt] 它
beat [bit] 打		bit [bɪt] 一小塊
heat [hit] 熱		hit [hɪt] 打
feet [fit] 呎		fit [fɪt] 合適
feel [fil] 感覺		fill [fɪl] 填滿
heel [hil] 足跟		hill [hɪl] 小山

D. Sentence Practice

1. She eats a piece of meat.
2. He needs a key to open the door.
3. We keep the sheep in the field.
4. The thief reaches the peach when we sleep.

E. Reading/Singing

Halloween Is Coming

Oh, Halloween is coming.
Halloween is coming.
Halloween is coming.
Oh, what fun!

F. Exercise: 選出畫線部份發音相同的字

_____1. 1) g<u>o</u>   2) kn<u>ow</u>   3) b<u>oa</u>t   4) n<u>o</u>te

_____2. 1) d<u>oo</u>r   2) t<u>e</u>n   3) t<u>i</u>me   4) c<u>a</u>n

_____3. 1) pol<u>i</u>ce   2) h<u>i</u>ll   3) <u>i</u>dle   4) mach<u>i</u>ne

_____4. 1) d<u>ee</u>p   2) b<u>ea</u>t   3) ch<u>ie</u>f   4) h<u>e</u>

_____5. 1) f<u>ee</u>l   2) ch<u>ea</u>p   3) f<u>ie</u>ld   4) m<u>e</u>

_____6. 1) pol<u>i</u>ce   2) mach<u>i</u>ne   3) k<u>e</u>y   4) p<u>eo</u>ple

_____7. 1) r<u>ea</u>d   2) gr<u>ie</u>f   3) sh<u>e</u>   4) mosqu<u>i</u>to

Ans: 1.(1234)   2.(23)   3.(14)   4.(1234)

5.(1234)   6.(1234)   7.(1234)

Lesson 2

[I]

A. Pronouncing Skills

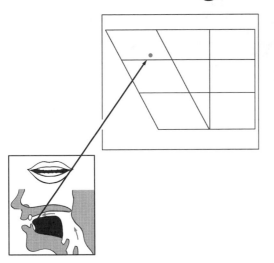

發音位置	舌前
舌的高度	高階
雙唇狀態	張開
發音要訣	雙唇輕鬆放平，舌頭放鬆，舌面的最高點在舌前段發出很短的聲音。 sit [sɪt] busy ['bɪzɪ] build [bɪld]
如國語注音	‧一せ

B. Pronunciation

i

it [ɪt] 它

ill [ɪl] 生病的

ink [ɪŋk] 墨水

bit [bɪt] 一小塊

six [sɪks] 六

bill [bɪl] 帳單

fill [fɪl] 填滿

hill [hɪl] 小山

kill [kɪl] 殺

will [wɪl] 將要

pick [pɪk] 挑選

sick [sɪk] 生病的

sink [sɪŋk] 下沈

C. Contrasting Pairs

[ɪ]	and	[ɛ]
bit [bɪt] 一小塊		bet [bɛt] 打賭
bill [bɪl] 帳單		bell [bɛl] 鐘
fill [fɪl] 填滿		fell [fɛl] 落下
hill [hɪl] 小山		hell [hɛl] 地獄
pick [pɪk] 挑選		peck [pɛk] 啄食
will [wɪl] 將要		well [wɛl] 好地

D. Sentence Practice

1. It's six now.
2. The pen is filled with ink.
3. Tears filled her eyes.
4. Bill picks up bills on the hill.

E. Reading/Singing

Twinkle, Twinkle, Little Star

Twinkle, twinkle, little star,
How I wonder what you are!
Up above the world so high,
Like a diamond in the sky.
Twinkle, twinkle, little star,
How I wonder what you are!

F. Exercise: 選出畫線部份發音相同的字

_____1.　1) pr<u>e</u>tty　2) b<u>u</u>sy　3) b<u>ui</u>lding　4) t<u>i</u>ll

_____2.　1) h<u>a</u>ve　2) d<u>i</u>dn't　3) f<u>i</u>ve　4) l<u>i</u>d

_____3.　1) sh<u>i</u>p　2) p<u>e</u>t　3) b<u>ui</u>ld　4) b<u>u</u>sy

_____4.　1) b<u>u</u>siness　2) w<u>o</u>men　3) <u>E</u>nglish　4) w<u>e</u>ll

_____5.　1) t<u>ea</u>cher　2) r<u>ea</u>ch　3) <u>ea</u>st　4) t<u>ea</u>

Ans:　1.(1234)　2.(24)　　3.(134)　　4.(123)

　　　5.(1234)

Lesson 3

[ε]

A. Pronouncing Skills

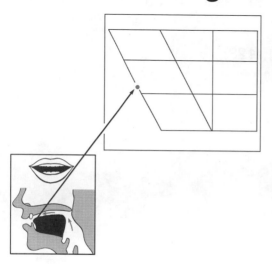

發音位置	舌前
舌的高度	中階
雙唇狀態	張開
發音要訣	和[ɪ]的發音方法大致相同，但發音時嘴的開口程度稍大，舌面稍微降低。 bed [bɛd] many [ˈmɛnɪ] friend [frɛnd]
如國語注音	˙ㄟ

B. Pronunciation

1. **e**

red [rɛd] 紅色；紅的
bed [bɛd] 床
get [gɛt] 得到
let [lɛt] 讓
set [sɛt] 安置
met [mɛt] 遇見
men [mɛn] 男人

pen [pɛn] 筆
ten [tɛn] 十
lend [lɛnd] 借出
send [sɛnd] 送
test [tɛst] 試驗
best [bɛst] 最好的
rest [rɛst] 休息

desk [dɛsk] 桌子

dent [dɛnt] 凹下

bend [bɛnd] 彎曲

memo ['mɛmo] 備忘錄

2. **ea**

dead [dɛd] 死的

lead [lɛd] 鉛

head [hɛd] 頭

bread [brɛd] 麵包

C. Contrasting Pairs

[ε]	and	[ɪ]
bed [bɛd] 床		bid [bɪd] 命令
bet [bɛt] 打賭		bit [bɪt] 一小塊
beg [bɛg] 乞求		big [bɪg] 大的
led [lɛd] 領導		lid [lɪd] 蓋子
let [lɛt] 讓		lit [lɪt] 照亮
pen [pɛn] 筆		pin [pɪn] 大頭針
red [rɛd] 紅色; 紅的		rid [rɪd] 免除
set [sɛt] 安置		sit [sɪt] 坐
wet [wɛt] 濕的		wit [wɪt] 機智
bell [bɛl] 鈴		bill [bɪl] 帳單
well [wɛl] 好地		will [wɪl] 將要

D. Sentence Practice

1. The bed is red.
2. Let's get home early.
3. He set the red pen on the wet bed.
4. He met his best friend at the meeting.

E. Reading/Singing

We Wish You a Merry Christmas

We wish you a merry Christmas,

We wish you a merry Christmas,

We wish you a merry Christmas,

And a happy New Year.

F. Exercise: 選出畫線部份發音相同的字

_____1.　1) g<u>e</u>t　2) br<u>ea</u>d　3) <u>a</u>ny　4) fri<u>e</u>nd

_____2.　1) d<u>e</u>bt　2) l<u>e</u>sson　3) <u>a</u>gain　4) l<u>a</u>zy

_____3.　1) d<u>ea</u>d　2) h<u>ea</u>lth　3) br<u>ea</u>d　4) d<u>ea</u>r

_____4.　1) sp<u>ea</u>k　2) d<u>ea</u>f　3) m<u>ea</u>nt　4) h<u>ea</u>vy

_____5.　1) m<u>ea</u>t　2) ch<u>ea</u>p　3) br<u>ea</u>k　4) h<u>ea</u>d

Ans:　1.(1234)　2.(12)　　3.(123)　4.(234)

　　　5.(12)

Lesson 4
[æ]

A. Pronouncing Skills

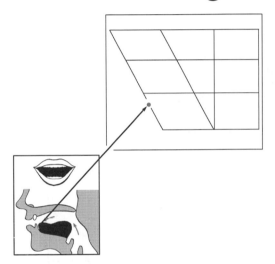

發音位置	舌前
舌的高度	低階
雙唇狀態	完全張開
發音要訣	開口程度比 [ɛ] 更大，同時將嘴唇往左右兩邊拉開，喉嚨底部用點力將聲音發出。 map [mæp] lamb [læm] plaid [plæd]
如國語注音	˙ㄞ ˙ㄢ

B. Pronunciation

a

bat [bæt] 球棒

cat [kæt] 貓

fat [fæt] 胖的

hat [hæt] 帽子

ban [bæn] 禁止

can [kæn] 能夠

tan [tæn] 黃褐色的

bag [bæg] 袋子

jag [dʒæg] 鋸齒狀的

lag [læg] 落後

man [mæn] 男人

pat [pæt] 輕拍

bank [bæŋk] 銀行

fact [fækt] 事實

hand [hænd] 手

land [lænd] 土地

tank [tæŋk] 坦克車

flag [flæg] 旗子

stamp [stæmp] 郵票

panda [ˈpændə] 熊貓

catch [kætʃ] 捕捉

match [mætʃ] 符合

batch [bætʃ] 一組

patch [pætʃ] 補綻

C. Contrasting Pairs

[æ]	and	[ɛ]
and [ænd] 和		end [ɛnd] 結束
bat [bæt] 球棒		bet [bɛt] 打賭
bad [bæd] 壞的		bed [bɛd] 床
bag [bæg] 袋子		beg [bɛg] 乞求
pat [pæt] 輕拍		pet [pɛt] 寵物
sat [sæt] 坐		set [sɛt] 安置
bank [bæŋk] 銀行		bend [bɛnd] 彎曲

D. Sentence Practice

1. The cat is catching a mouse.
2. We can get a hand from the bank.
3. Tell me the fact of the land.
4. The bag is full of stamps.

E. Reading/Singing

Jack-O'-Lantern

Jack o'lantern, Jack o'lantern,

Shining in the window bright,
Jack o'lantern, Jack o'lantern,
We'll have lots of fun tonight.

F. Exercise: 選出畫線部份發音相同的字

_____1. 1) h<u>a</u>d 2) m<u>a</u>de 3) l<u>o</u>ve 4) <u>a</u>t
_____2. 1) b<u>a</u>ck 2) l<u>oo</u>k 3) w<u>a</u>gon 4) t<u>oo</u>th
_____3. 1) fl<u>oo</u>d 2) bl<u>a</u>ck 3) l<u>a</u>ck 4) z<u>oo</u>
_____4. 1) fl<u>oo</u>r 2) p<u>a</u>ck 3) m<u>a</u>d 4) ch<u>oo</u>se
_____5. 1) br<u>a</u>nd 2) s<u>a</u>ck 3) p<u>a</u>t 4) d<u>u</u>ty

Ans: 1.(14)   2.(13)   3.(23)   4.(23)
    5.(123)

Lesson 5

[ɑ]

A. Pronouncing Skills

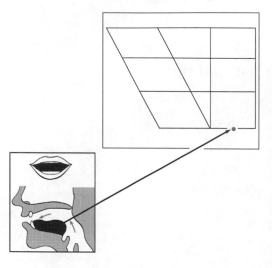

發音位置	舌後
舌的高度	低階
雙唇狀態	張開
發音要訣	放低下巴，聲音在口腔的深處發出。這種[ɑ]，一般是針對兩個子音之間的"o"所發的音。 cotton [ˈkɑtn̩] pot [pɑt] yacht [jɑt]
如國語注音	Y

B. Pronunciation

1. **o**

box [bɑks] 盒子　　　　　stop [stɑp] 停止
cop [kɑp] 警察　　　　　block [blɑk] 街區
not [nɑt] 不　　　　　　clock [klɑk] 鐘
top [tɑp] 頂端

2. **a**

aunt [ɑnt] 伯母

wash [wɑʃ] 洗

want [wɑnt] 要

what [hwɑt] 什麼

watch [wɑtʃ] 手錶

C. Contrasting Pairs

[ɑ]	**and**	[æ]
ox [ɑks] 牛		axe [æks] 斧頭
cot [kɑt] 小床		cat [kæt] 貓
hot [hɑt] 熱的		hat [hæt] 帽子
pot [pɑt] 壺；鍋		pat [pæt] 輕拍
rot [rɑt] 腐敗		rat [ræt] 鼠
lock [lɑk] 鎖		lack [læk] 缺少
sock [sɑk] 襪子		sack [sæk] 袋子
stock [stɑk] 存貨		stack [stæk] 稻草

D. Sentence Practice

1. The clock is on the top of the box.
2. They want to wash the pot.
3. The ox stops drinking hot water.
4. John did not lock the door.

E. Reading/Singing

Raindrops Falling Around

Raindrops falling around,

Falling, falling, on the ground.
On the mountains, on the seas,
Falling on the Christmas trees.
Raindrops falling all around,
Falling, falling, on the ground.

F. Exercise: 選出畫線部份發音相同的字

_____1.　1) ought　2) bomb　3) boat　4) shoe

_____2.　1) always　2) cause　3) March　4) broad

_____3.　1) stop　2) move　3) do　4) atom

_____4.　1) bomb　2) song　3) clock　4) shoe

_____5.　1) coffee　2) orange　3) none　4) ball

Ans:　1.(0)　　2.(124)　　3.(23)　　4.(13)

　　　5.(124)

Lesson 6

[ɔ]

A. Pronouncing Skills

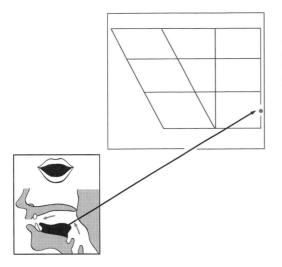

發音位置	舌後
舌的高度	低階
雙唇狀態	圓形張開
發音要訣	嘴巴張開呈圓形發如 "ㄛ"的短音。 law [lɔ] taught [tɔt] soft [sɔft] dog [dɔg]
如國語注音	ㄛ

B. Pronunciation

1. **all**

all [ɔl] 全部 　　　　fall [fɔl] 落下
ball [bɔl] 球 　　　　mall [mɔl] 林蔭道
call [kɔl] 叫 　　　　tall [tɔl] 高的
hall [hɔl] 大廳 　　　wall [wɔl] 牆

2. **al**

also [ˈɔlso] 也   talk [tɔk] 談話
salt [sɔlt] 鹽   chalk [tʃɔlk] 粉筆

3. **au**

cause [kɔz] 原因   taught [tɔt] 教
August [ˈɔgəst] 八月   daughter [ˈdɔtɚ] 女兒
caught [kɔt] 捉

4. **ough**

ought [ɔt] 必須   thought [θɔt] 想
bought [bɔt] 買   brought [brɔt] 帶來
fought [fɔt] 打仗；戰鬥

5. **aw**

law [lɔ] 法律   saw [sɔ] 看
jaw [dʒɔ] 顎   paw [pɔ] 腳掌（動物的）

C. Contrasting Pairs

[ɔ]	and	[ɑ]
caught [kɔt] 捉		cot [kɑt] 小床
sought [sɔt] 尋找		sock [sɑk] 襪子
naught [nɔt] 零		not [nɑt] 不

D. Sentence Practice

1. The ball is also falling from the wall.
2. My tall daughter is calling me in the hall.
3. He talks to the tall girl in chalk.
4. She bought me a ball in August.

E. Reading/Singing

London Bridge Is Falling Down

London Bridge is falling down,
Falling down, falling down.
London Bridge is falling down,
My fair lady.

Build it up with sticks and stones,
Sticks and stones, sticks and stones,
Build it up with sticks and stones,
My fair lady.

F. Exercise: 選出畫線部份發音相同的字

_____ 1.　1) m<u>a</u>ny　2) w<u>a</u>ter　3) s<u>a</u>lt　4) h<u>a</u>lf
_____ 2.　1) s<u>a</u>lt　2) <u>Au</u>gust　3) c<u>a</u>ll　4) s<u>a</u>le
_____ 3.　1) <u>ou</u>ght　2) c<u>o</u>st　3) w<u>a</u>ll　4) h<u>ou</u>se
_____ 4.　1) b<u>ou</u>ght　2) l<u>o</u>ss　3) l<u>aw</u>　4) w<u>or</u>se
_____ 5.　1) sh<u>u</u>t　2) w<u>a</u>nt　3) w<u>a</u>tch　4) w<u>a</u>sh
_____ 6.　1) w<u>ar</u>　2) str<u>o</u>ng　3) t<u>au</u>ght　4) s<u>a</u>lt

Ans: 1.(23)   2.(123)   3.(123)   4.(123)
        5.(234)   6.(234)

Lesson 7

[ʊ]

A. Pronouncing Skills

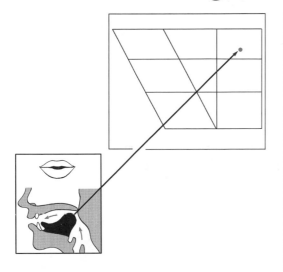

發音位置	舌後
舌的高度	高階
雙唇狀態	微圓形
發音要訣	嘴唇要圓，並用力往前突出，舌頭放鬆，舌面的最高點在後段。 look [lʊk] put [pʊt] would [wʊd]
如國語注音	·ㄨ

B. Pronunciation

1. **oo**

book [bʊk] 書　　　　　look [lʊk] 看
cook [kʊk] 煮　　　　　took [tʊk] 拿
foot [fʊt] 足　　　　　wood [wʊd] 木材
good [gʊd] 好的　　　　wool [wʊl] 羊毛
hook [hʊk] 鉤　　　　　stood [stʊd] 站

2. **u**

put [pʊt] 放   full [fʊl] 充滿
bull [bʊl] 牛   pull [pʊl] 拉

3. **ou**

could [kʊd] 能   should [ʃʊd] 應該；將
would [wʊd] 將

C. Contrasting Pairs

[ʊ]	**and**	[ɔ]
bull [bʊl] 牛		ball [bɔl] 球
pull [pʊl] 拉		Paul [pɔl] 保羅（人名）
foot [fʊt] 足		fought [fɔt] 戰鬥；奮鬥
took [tʊk] 取		talk [tɔk] 談話

D. Sentence Practice

1. He bought a good cook book from a bookstore.
2. They pull the bull to the river.
3. He took me by my foot.
4. The room is full of good wood.

E. Reading/Singing

Mulberry Bush

Here we go round the mulberry bush,
The mulberry bush, the mulberry bush.
Here we go round the mulberry bush,
So early in the morning.

F. Exercise: 選出畫線部份發音相同的字

_____ 1.　1) b<u>oo</u>k　2) r<u>oo</u>f　3) f<u>oo</u>lish　4) m<u>oo</u>n

_____ 2.　1) y<u>ou</u>　2) d<u>oe</u>s　3) m<u>o</u>ve　4) gr<u>ew</u>

_____ 3.　1) fr<u>ui</u>t　2) h<u>u</u>t　3) wh<u>o</u>m　4) tr<u>ue</u>

_____ 4.　1) b<u>o</u>x　2) wh<u>o</u>　3) m<u>o</u>vie　4) pr<u>o</u>ve

_____ 5.　1) bl<u>ow</u>　2) dr<u>ew</u>　3) tr<u>u</u>th　4) r<u>u</u>le

_____ 6.　1) b<u>oo</u>k　2) f<u>u</u>ll　3) c<u>ou</u>ld　4) w<u>o</u>lf

Ans: 1.(234)　2.(134)　3.(134)　4.(234)

　　　 5.(234)　6.(1234)

Lesson 8
[u]

A. Pronouncing Skills

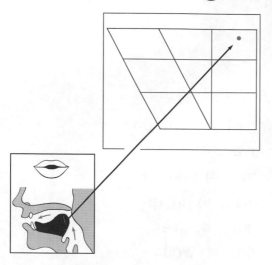

發音位置	舌後
舌的高度	高階
雙唇狀態	微圓形
發音要訣	把短母音的 [u] 拉長即可。但嘴唇比發 [u] 時更小、更圓，並更向前突出。 school [skul] soup [sup] rule [rul]
如國語注音	ㄨ

B. Pronunciation

1. **oo**

cool [kul] 涼爽的

food [fud] 食物

fool [ful] 愚人；愚笨的

moon [mun] 月亮

roof [ruf] 屋頂

root [rut] 根

choose [tʃuz] 選擇

loose [lus] 鬆的

smooth [smuð] 平滑的

goose [gus] 鵝

tooth [tuθ] 牙齒

2. **ou**

you [ju] 你   group [grup] 群體
soup [sup] 湯   through [θru] 經過
youth [juθ] 年輕

3. **o**

do [du] 做   who [hu] 誰
to [tu] 去   whom [hum] 誰（受格）
two [tu] 二

4. **oe, o-e**

shoe [ʃu] 鞋子   movie [ˋmuvɪ] 電影
move [muv] 搬動   prove [pruv] 證明

* "o-e" 原則上發 [o] 較多，如 bone, note 等，這裏 "o-e" 發 [u] 屬
例外，應多注意。

5. **ew**

grew [gru] 成長   drew [dru] 畫
blew [blu] 吹   threw [θru] 投擲

6. **u**

blue [blu] 藍色的   truth [truθ] 真實
true [tru] 真實的   rule [rul] 規則
fruit [frut] 水果   rude [rud] 粗魯的
June [dʒun] 六月

C. Contrasting Pairs

[u]	and	[ʊ]
food [fud] 食物		foot [fʊt] 足
fool [ful] 愚人；愚笨的		full [fʊl] 充滿的
pool [pul] 水池		pull [pʊl] 拉
cool [kul] 涼爽的		could [kʊd] 能夠
shoot [ʃut] 射擊		should [ʃʊd] 將；應該

D. Sentence Practice

1. They shoot the bull with a bullet.
2. It's cool to swim in the swimming pool.
3. We have plenty of food in our room.
4. Lucy eats her soup with a spoon.

E. Reading/Singing

Over the River and through the Wood

Over the river and through the wood,

To grandfather's house we go;

The horse knows the way to carry the sleigh,

Thro' the white and drifted snow;

Over the river and through the wood,

Oh, how the wind does blow!

It stings the toes and bites the nose,

As over the ground we go.

F. Exercise: 選出畫線部份發音相同的字

_____ 1.　1) m<u>o</u>ve　2) l<u>o</u>se　3) sh<u>oe</u>　4) impr<u>o</u>ve

_____ 2.　1) sch<u>oo</u>l　2) f<u>oo</u>lish　3) p<u>oo</u>r　4) g<u>oo</u>d

_____ 3.　1) r<u>oo</u>t　2) w<u>oo</u>d　3) sh<u>oo</u>t　4) p<u>oo</u>l

_____ 4.　1) f<u>oo</u>d　2) r<u>oo</u>f　3) f<u>oo</u>l　4) g<u>oo</u>se

_____ 5.　1) <u>u</u>se　2) b<u>u</u>sy　3) J<u>u</u>ne　4) tr<u>u</u>e

_____ 6.　1) c<u>ou</u>sin　2) l<u>ou</u>d　3) s<u>ou</u>p　4) y<u>ou</u>

Ans:　1.(1234)　2.(12)　　3.(134)　　4.(1234)

　　　5.(34)　　6.(34)

Lesson 9

[ʌ]

A. Pronouncing Skills

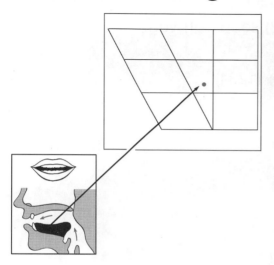

發音位置	舌中
舌的高度	中階
雙唇狀態	張開
發音要訣	大致和 [ə] 相似，但是下巴拉得較低，舌面中央為最高點，舌頭及嘴唇均放鬆，很自然地將此音發出。 enough [ɪˈnʌf] cut [kʌt] lucky [ˈlʌkɪ]
如國語注音	˙ㄚ與˙ㄜ間

B. Pronunciation

1. **u**

up [ʌp] 上；向上

us [ʌs] 我們

bud [bʌd] 芽

bus [bʌs] 巴士

but [bʌt] 但是

cup [kʌp] 杯子

cut [kʌt] 切

fun [fʌn] 有趣

gun [gʌn] 槍

run [rʌn] 跑

sun [sʌn] 太陽

just [dʒʌst] 剛好

must [mʌst] 必須

shut [ʃʌt] 關

dumb [dʌm] 啞的

luck [lʌk] 幸運

lunch [lʌntʃ] 午餐

uncle [ˋʌŋkl̩] 伯父

2. **o**

one [wʌn] 一

son [sʌn] 兒子

won [wʌn] 贏

done [dʌn] 做

come [kʌm] 來

some [sʌm] 一些

none [nʌn] 沒人

does [dʌz] 做

love [lʌv] 愛

dozen [ˋdʌzn̩] 打

above [əˋbʌv] 在…之上

color [ˋkʌlɚ] 顏色

glove [glʌv] 手套

other [ˋʌðɚ] 其他

front [frʌnt] 前面

honey [ˋhʌnɪ] 蜂蜜

tongue [tʌŋ] 舌

money [ˋmʌnɪ] 錢

brother [ˋbrʌðɚ] 兄弟

company [ˋkʌmpənɪ] 公司；同伴

3. **ou**

touch [tʌtʃ] 接觸

rough [rʌf] 粗的

cousin [ˋkʌzn̩] 表兄弟姊妹

couple [ˋkʌpl̩] 一對

double [ˋdʌbl̩] 兩倍

enough [ɪˋnʌf] 足夠的

young [jʌŋ] 年輕的

country [ˋkʌntrɪ] 國家

trouble [ˋtrʌbl̩] 麻煩

southern [ˋsʌðɚn] 南方的

4. **oo**

blood [blʌd] 血

flood [flʌd] 洪水

C. Contrasting Pairs

[ʌ]	and	[æ]
up [ʌp] 向上		at [æt] 在…
but [bʌt] 但是		bat [bæt] 球棒
cup [kʌp] 杯子		cap [kæp] 帽子
cut [kʌt] 切		cat [kæt] 貓
drug [drʌg] 藥物		drag [dræg] 拉
fun [fʌn] 有趣		fan [fæn] 扇子
bug [bʌg] 小蟲		bag [bæg] 袋子
luck [lʌk] 幸運		lack [læk] 缺少
much [mʌtʃ] 很多		match [mætʃ] 比賽；火柴
hut [hʌt] 茅屋		hat [hæt] 帽子

[ʌ]	and	[ɑ]
but [bʌt] 但是		box [bɑks] 盒子
cut [kʌt] 切		cox [kɑks] 舵手
duck [dʌk] 鴨子		dock [dɑk] 碼頭
dull [dʌl] 笨的		doll [dɑl] 洋娃娃
fund [fʌnd] 基金		fond [fɑnd] 喜歡的
hut [hʌt] 茅屋		hot [hɑt] 熱的
luck [lʌk] 幸運		lock [lɑk] 鎖
nut [nʌt] 果核		not [nɑt] 不
rub [rʌb] 摩擦		rob [rɑb] 搶劫
rubber [ˈrʌbɚ] 橡皮擦		robber [ˈrɑbɚ] 強盜

D. Sentence Practice

1. The son won some money for his mother.

2. There is some drug in the cup.

3. He has much luck to have some fun in the hut.

4. A young boy cut the nut, but the nut cut him.

E. Reading/Singing

Humpty Dumpty

Humpty Dumpty sat on a wall;

Humpty Dumpty had a big fall.

All the king's horses and all the king's men

Couldn't put Humpty Dumpty together again.

F. Exercise: 選出畫線部份發音相同的字

_____1. 1) bl**oo**d 2) f**oo**t 3) t**o**n 4) m**oo**n

_____2. 1) bec**o**me 2) n**o**thing 3) c**o**me 4) d**o**zen

_____3. 1) c**ou**ntry 2) en**ou**gh 3) s**ou**thern 4) r**ou**gh

_____4. 1) c**ou**ple 2) y**ou**ng 3) t**ou**ch 4) y**ou**th

_____5. 1) g**u**n 2) b**u**s 3) l**u**ck 4) s**u**ch

_____6. 1) s**u**n 2) l**o**ve 3) r**oo**f 4) en**ou**gh

Ans: 1.(13)   2.(1234) 3.(1234) 4.(123)

5.(1234) 6.(124)

Lesson 10

[ɚ] [ɝ]

A. Pronouncing Skills

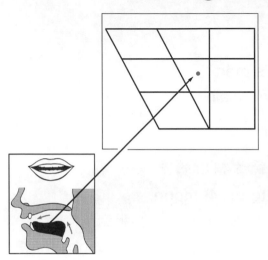

發音位置	舌中
舌的高度	中階
雙唇狀態	半張開
發音要訣	把弱母音[ə]拉長即可。這時，舌頭的中央升高、用力，但開口程度幾乎不變。 girl [gɝl] world [wɝld] worry [ˈwɝɪ] courage [ˈkɝɪdʒ]
如國語注音	‧ㄦ

B. Pronunciation

a. [ɚ]

1. **er**

danger [ˈdendʒɚ] 危險　　　　summer [ˈsʌmɚ] 夏天

letter [ˈlɛtɚ] 信　　　　　　teacher [ˈtitʃɚ] 老師

father [ˈfaðɚ] 父親　　　　　winter [ˈwɪntɚ] 冬天

paper [ˈpepɚ] 紙

2. **ure**

culture [ˋkʌltʃɚ] 文化　　future [ˋfjutʃɚ] 未來
picture [ˋpɪktʃɚ] 圖畫　　adventure [ədˋvɛntʃɚ] 冒險

3. **ar**

sugar [ˋʃugɚ] 糖　　beggar [ˋbɛgɚ] 乞丐

4. **or**

actor [ˋæktɚ] 演員　　tailor [ˋtelɚ] 裁縫師
doctor [ˋdɑktɚ] 醫生　　effort [ˋɛfɚt] 努力
sailor [ˋselɚ] 水手　　comfort [ˋkʌmfɚt] 安慰；舒適

b. [ɝ]

1. **er, ear**

her [hɝ] 她　　certain [ˋsɝtn̩] 一定的
germ [dʒɝm] 微生物；細菌　　earn [ɝn] 賺
nerve [nɝv] 神經　　early [ˋɝlɪ] 早
term [tɝm] 期限　　earth [ɝθ] 地球
verse [vɝs] 詩句　　heard [hɝd] 聽
verb [vɝb] 動詞　　learn [lɝn] 學習
serve [sɝv] 服務　　pearl [pɝl] 珍珠

2. **ir**

sir [sɚ] 先生
bird [bɚd] 鳥
birth [bɚθ] 出生
girl [gɚl] 女孩
circle [ˋsɚkl] 圓圈
first [fɚst] 第一

dirty [ˋdɚtɪ] 髒的
shirt [ʃɚt] 襯衫
skirt [skɚt] 裙子
third [θɚd] 第三
thirst [θɚst] 渴的
virtue [ˋvɚtʃu] 美德

3. **ur**

burn [bɚn] 燃燒
turn [tɚn] 轉
hurt [hɚt] 傷害
burst [bɚst] 爆發
nurse [nɚs] 護士

church [tʃɚtʃ] 教堂
return [rɪˋtɚn] 退回
curtain [ˋkɚtn̩] 帳幕
Thursday [ˋθɚzdɪ] 星期四
turkey [ˋtɚkɪ] 火雞

4. **or**

word [wɚd] 字
work [wɚk] 工作
world [wɚld] 世界
worse [wɚs] 較壞
worst [wɚst] 最壞的

worth [wɚθ] 價值
worker [ˋwɚkɚ] 工人
worthwhile [ˋwɚθˋhwaɪl] 值得
的

C. Contrasting Pairs

[ɚ]	and	[ɝ]
better [ˈbɛtɚ] 較好的		bird [bɝd] 鳥
danger [ˈdendʒɚ] 危險		dirt [dɝt] 灰塵
enter [ˈɛntɚ] 進入		earn [ɝn] 賺
worker [ˈwɝkɚ] 工人		work [wɝk] 工作
teacher [ˈtitʃɚ] 老師		turkey [ˈtɝkɪ] 火雞

D. Sentence Practice

1. I use a piece of paper to write a letter.
2. Pearl will draw a picture to show her future.
3. The girl with a bird in her skirt is sitting in the church.
4. The servant burned the church and got hurt.

E. Reading/Singing

The Purple Cow — by Gelett Burgess

I never saw a purple cow,
I never hope to see one,
But I can tell you anyhow,
I'd rather see than be one.

F. Exercise: 選出畫線部份發音相同的字

_____1. 1) v<u>er</u>b   2) pap<u>er</u>   3) t<u>er</u>m   4) c<u>er</u>tain
_____2. 1) w<u>or</u>k   2) n<u>or</u>   3) w<u>or</u>d   4) w<u>or</u>ld

_____3.　　1) tea<u>cher</u>　2) v<u>er</u>b　3) t<u>er</u>m　4) s<u>er</u>ve

_____4.　　1) b<u>ir</u>th　2) c<u>ir</u>cle　3) f<u>a</u>st　4) sh<u>ir</u>t

_____5.　　1) ch<u>ur</u>ch　2) b<u>ur</u>n　3) n<u>o</u>se　4) h<u>ur</u>t

_____6.　　1) w<u>or</u>d　2) w<u>or</u>ld　3) w<u>or</u>k　4) w<u>al</u>k

Ans:　1.(134)　　2.(134)　　3.(234)　　4.(124)

　　　5.(124)　　6.(123)

Do You Know?

英語拼音要領

英語簡易的拼音要領有四:

1. **母音＋子音**: 看到母音, 即與後面的子音連起來讀, 如:
   up [ʌp] 上; 向上
   it [ɪt] 它
   as [əz] 因為

2. **子音＋母音**: 如果子音在前, 即與後面的母音連起來讀, 如:
   pay [pe] 付款
   buy [baɪ] 買
   me [mi] 我

3. **子音＋母音＋子音**: 如果子音在前, 即與後面的母音連起來讀, 後面如再有子音, 就接下去讀, 如:
   put [pʊt] 放　（先拼 pʊ 再接 t）
   food [fud] 食物　（先拼 fu 再接 d）

4. **母音＋子音＋母音＋子音**: 一看有兩個母音分別由子音隔開, 即判斷為二音節（同理, 三音節即需要有三個母音）, 此時讀法, 依第三項方法行之, 如:
   about [əˋbaʊt] 大約　（先拼 baʊt 再接 ə 於前面）
   above [əˋbʌv] 在…之上　（先拼 bʌv 再接 ə 於前面）

Lesson 11

[ə]

A. Pronouncing Skills

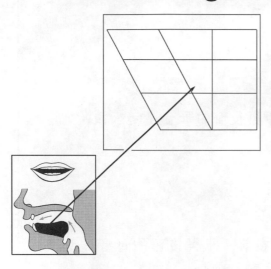

發音位置	舌中
舌的高度	中階
雙唇狀態	半張開
發音要訣	嘴唇、舌頭均放鬆，嘴巴自然微張，將聲音發出。與 [ʌ] 相似，但嘴形較平，是完全的弱母音。 above [ə'bʌv] ago [ə'go]
如國語注音	˙ㄜ

B. Pronunciation

1. **a-**

   ago [ə'go] 以前

   away [ə'we] 離開

   about [ə'baut] 大約

   above [ə'bʌv] 在…之上

2. **-a**

   sofa ['sofə] 沙發

   China ['tʃaɪnə] 中國

   America [ə'mɛrɪkə] 美國

3. **e**

cruel ['kruəl] 殘忍的   silent ['saɪlənt] 安靜的

accent ['æksənt] 重音

4. **o**

today [tə'de] 今天   diamond ['daɪmənd] 鑽石

atom ['ætəm] 原子   freedom ['fridəm] 自由

pilot ['paɪlət] 飛行員

tomato [tə'meto] 番茄

C. Contrasting Pairs

[ə] **and** [e]	
ago [ə'go] 以前	age [edʒ] 年齡
away [ə'we] 離開	weight [wet] 重量
above [ə'bʌv] 在…之上	able ['ebl̩] 有能力的
today [tə'de] 今天	table ['tebl̩] 桌子
pilot ['paɪlət] 飛行員	play [ple] 玩

D. Sentence Practice

1. It was ten years ago when I was about your age.
2. I went away and studied in a pilots' school.
3. Today I become a pilot and am above the sky.
4. I enjoy eating tomatoes and wearing diamonds.

E. Reading/Singing

Silent Night

Silent night! Holy night!
All is calm. All is bright.
Round yon Virgin Mother and Child!
Holy infant, so tender and mild,
Sleep in heavenly peace,
Sleep in heavenly peace.

F. Exercise: 選出畫線部份發音相同的字

_____1. 1) <u>ear</u>   2) <u>ear</u>ly   3) l<u>ear</u>n   4) h<u>ear</u>d

_____2. 1) n<u>er</u>ve   2) n<u>ear</u>   3) c<u>ur</u>tain   4) w<u>or</u>st

_____3. 1) j<u>our</u>ney   2) p<u>ear</u>l   3) lett<u>er</u>   4) b<u>ir</u>d

_____4. 1) <u>o</u>bey   2) p<u>o</u>lite   3) p<u>o</u>lice   4) <u>o</u>mit

_____5. 1) <u>a</u>go   2) s<u>u</u>gar   3) cru<u>e</u>l   4) lett<u>e</u>r

_____6. 1) t<u>o</u>day   2) c<u>o</u>lor   3) s<u>o</u>fa   4) pil<u>o</u>t

Ans: 1.(234)   2.(134)   3.(124)   4.(1234)

5.(13)   6.(14)

Lesson 12
[e]

A. Pronouncing Skills

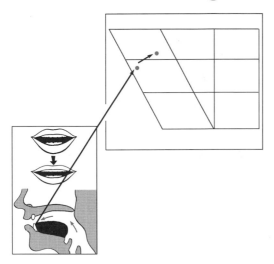

發音位置	舌前
舌的高度	中階
雙唇狀態	張開
發音要訣	舌頭稍微緊張，將[ɛ]音拉長後嘴形變小。 make [mek] rain [ren] break [brek]
如國語注音	ㄟー

B. Pronunciation

1. **a-e**

lake [lek] 湖
make [mek] 做
take [tek] 拿
late [let] 遲的
mate [met] 朋友
face [fes] 臉
name [nem] 名字
male [mel] 男性

pale [pel] 蒼白的
sale [sel] 銷售
tale [tel] 故事
safe [sef] 安全的
fable [ˋfebl̩] 寓言
place [ples] 地方
taste [test] 嚐

2. a

ancient [ˈenʃənt] 古老的
Asia [ˈeʃə] 亞洲
April [ˈeprəl] 四月
lazy [ˈlezɪ] 懶惰的
danger [ˈdendʒɚ] 危險

paper [ˈpepɚ] 紙
radio [ˈredɪˌo] 收音機
nation [ˈneʃən] 國家
station [ˈsteʃən] 車站
vacation [vəˈkeʃən] 假期

3. ai

aim [em] 目標
rain [ren] 下雨
pain [pen] 痛苦
fail [fel] 失敗
sail [sel] 航行
mail [mel] 郵寄
pail [pel] 水桶

tail [tel] 尾巴
rail [rel] 鐵軌
aid [ed] 協助
wait [wet] 等待
brain [bren] 頭腦
railway [ˈrelˌwe] 鐵路

4. ay

bay [be] 海灣
day [de] 日子
gay [ge] 高興的
lay [le] 放置
may [me] 可以

pay [pe] 付
say [se] 說
play [ple] 玩
pray [pre] 祈禱
stay [ste] 停留

5. ey

they [ðe] 他們
grey [gre] 灰色的

obey [əˈbe] 服從

C. Contrasting Pairs

[e]	and	[ε]
bait [bet] 餌		bet [bɛt] 打賭
pate [pet] 頭頂		pet [pɛt] 寵物
gate [get] 大門		get [gɛt] 得到
late [let] 遲的		let [lɛt] 讓
mate [met] 朋友		met [mɛt] 遇到
nail [nel] 釘子		net [nɛt] 網子
pain [pen] 痛苦		pen [pɛn] 筆
wait [wet] 等待		wet [wɛt] 濕的
date [det] 日期		debt [dɛt] 債
taste [test] 嚐		test [tɛst] 試驗
waist [west] 腰部		west [wɛst] 西方

D. Sentence Practice

1. They like to make faces at each other.
2. May says that she may spend many days at the lake.
3. A sailor may sail from place to place.
4. Raindrops make the lake become a beautiful place.

E. Reading/Singing

Rain, Rain Go Away

Rain, rain go away.

Come again some other day.

Little Johnny, little Johnny,

Little Johnny wants to play.

F. Exercise: 選出畫線部份發音相同的字

_____ 1.   1) r<u>ai</u>n   2) s<u>ai</u>d   3) p<u>ai</u>d   4) m<u>a</u>d

_____ 2.   1) m<u>a</u>de   2) s<u>a</u>d   3) pl<u>ea</u>se   4) b<u>a</u>de

_____ 3.   1) ch<u>ea</u>p   2) gr<u>ea</u>t   3) d<u>ea</u>d   4) br<u>ea</u>k

_____ 4.   1) b<u>e</u>st   2) d<u>ea</u>d   3) s<u>ay</u>   4) <u>a</u>ny

_____ 5.   1) m<u>o</u>ney   2) b<u>u</u>ry   3) fr<u>ie</u>nd   4) h<u>ea</u>vy

_____ 6.   1) w<u>e</u>st   2) h<u>e</u>   3) pr<u>e</u>tty   4) d<u>ea</u>f

Ans: 1.(13)   2.(24)   3.(24)   4.(124)

    5.(234)   6.(14)

Lesson 13
[aɪ]

A. Pronouncing Skills

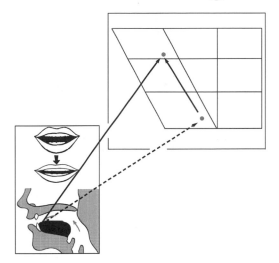

發音位置	舌前→舌前
舌的高度	低階→高階
雙唇狀態	張開
發音要訣	與「愛」的音相似，嘴形由大轉小。 eye [aɪ] like [laɪk] buy [baɪ]
如國語注音	ㄞ一

B. Pronunciation

1. **i-e**

fine [faɪn] 好的

hide [haɪd] 藏

bike [baɪk] 腳踏車

ride [raɪd] 騎

life [laɪf] 生命

like [laɪk] 喜歡

nine [naɪn] 九

nice [naɪs] 美好的

mice [maɪs] 老鼠

rice [raɪs] 米

site [saɪt] 地點

time [taɪm] 時間

kite [kaɪt] 風箏

wide [waɪd] 寬的

wine [waɪn] 葡萄酒
bride [braɪd] 新娘
knife [naɪf] 小刀
quite [kwaɪt] 十分地

write [raɪt] 寫
price [praɪs] 價格
polite [pəˈlaɪt] 有禮貌的

2. **i**

find [faɪnd] 發現
kind [kaɪnd] 仁慈的
wild [waɪld] 野生的

child [tʃaɪld] 小孩
climb [klaɪm] 爬

3. **igh**

bright [braɪt] 光亮的
fight [faɪt] 打仗；戰鬥
high [haɪ] 高的
light [laɪt] 光線；輕的
might [maɪt] 可能
night [naɪt] 夜晚

right [raɪt] 對的
sigh [saɪ] 嘆息
sight [saɪt] 視力
tight [taɪt] 緊的
slight [slaɪt] 稍微的；輕微的

4. **y**

by [baɪ] 經過
my [maɪ] 我的
cry [kraɪ] 哭

try [traɪ] 設法
fly [flaɪ] 飛
spy [spaɪ] 間諜

5. **ie, ei, ui, uy**

die [daɪ] 死
lie [laɪ] 躺
tie [taɪ] 綁
either [ˈaɪðɚ, ˈiðɚ] 兩者之一

neither [ˈnaɪðɚ, ˈniðɚ] 兩者都不
height [haɪt] 高度
guide [gaɪd] 嚮導

buy [baɪ] 買

C. Contrasting Pairs

[aɪ]	and	[e]
pie [paɪ] 派		pay [pe] 付
light [laɪt] 光線；輕的		late [let] 遲的
buy [baɪ] 買		bay [be] 海灣
die [daɪ] 死		day [de] 日子
fight [faɪt] 打仗；戰鬥		fate [fet] 命運
guide [gaɪd] 嚮導		gate [get] 大門
lie [laɪ] 放下		lay [le] 放置
like [laɪk] 喜歡		lake [lek] 湖
rice [raɪs] 米		race [res] 人種
rise [raɪz] 升起		raise [rez] 舉起
wise [waɪz] 聰明的		ways [wez] 方式

D. Sentence Practice

1. I have a nice time in my flight.
2. We like to eat rice and drink wine.
3. The kind policeman takes the crying child home.
4. The bride is riding a horse to see the bright night.

E. Reading/Singing

Fire and Ice — by Robert Frost

Some say the world will end in fire,
Some say in ice.

From what I've tasted of desire
I hold with those who favor fire.
But if it had to perish twice,
I think I know enough of hate
To say that for destruction ice
Is also great
And would suffice.

F. Exercise: 選出畫線部份發音相同的字

_____1.　　1) m<u>i</u>ne　　2) w<u>a</u>ter　　3) h<u>i</u>t　　4) h<u>i</u>re

_____2.　　1) f<u>i</u>nd　　2) h<u>i</u>gh　　3) b<u>y</u>　　4) d<u>i</u>d

_____3.　　1) b<u>uy</u>　　2) g<u>ui</u>de　　3) l<u>i</u>ke　　4) m<u>ay</u>

_____4.　　1) bl<u>i</u>nd　　2) d<u>i</u>ne　　3) th<u>ie</u>f　　4) d<u>i</u>me

_____5.　　1) l<u>i</u>st　　2) l<u>i</u>fe　　3) d<u>i</u>ve　　4) l<u>ea</u>d

Ans: 1.(14)　　2.(123)　　3.(123)　　4.(124)
　　5.(23)

Lesson 14

[ɔɪ]

A. Pronouncing Skills

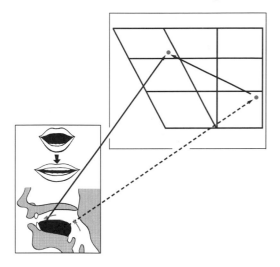

發音位置	舌後→舌前
舌的高度	低階→高階
雙唇狀態	張開
發音要訣	先發出 [ɔ] 音，轉弱後自然地轉成 [ɪ] 音，嘴形由圓轉平。 toy [tɔɪ] oil [ɔɪl] avoid [ə'vɔɪd]
如國語注音	ㄛ一

B. Pronunciation

1. **oi**

oil [ɔɪl] 油

boil [bɔɪl] 煮

coin [kɔɪn] 硬幣

join [dʒɔɪn] 參加

soil [sɔɪl] 土壤

avoid [ə'vɔɪd] 避免

noise [nɔɪz] 吵鬧聲

point [pɔɪnt] 指出

voice [vɔɪs] 聲音

poison ['pɔɪzn̩] 毒藥

2. **oy**

boy [bɔɪ] 男孩

joy [dʒɔɪ] 高興

toy [tɔɪ] 玩具

loyal [ˈlɔɪəl, ˈlɔjəl] 忠心的

enjoy [ɪnˈdʒɔɪ] 享樂

C. Contrasting Pairs

[ɔɪ]	**and**	[ɔ]
boy [bɔɪ] 男孩		ball [bɔl] 球
toy [tɔɪ] 玩具		tall [tɔl] 高的
oil [ɔɪl] 油		all [ɔl] 全部
coin [kɔɪn] 硬幣		call [kɔl] 叫

D. Sentence Practice

1. The oil is boiling.
2. The boy is enjoying the games.
3. The boy joins all toys to make some noise.
4 The boy is not in good voice.

E. Reading/Singing

Ten Little Indians

One little, two little, three little Indians,

Four little, five little, six little Indians,

Seven little, eight little, nine little Indians,

Ten little Indian boys.

F. Exercise: 選出畫線部份發音相同的字

_____ 1.　1) b<u>oy</u>　2) p<u>oi</u>nt　3) j<u>oi</u>n　4) w<u>o</u>man

_____ 2.　1) j<u>oy</u>　2) enj<u>oy</u>　3) <u>oi</u>l　4) s<u>oi</u>l

_____ 3.　1) c<u>oi</u>n　2) v<u>oi</u>ce　3) b<u>oi</u>l　4) w<u>oo</u>l

_____ 4.　1) l<u>ay</u>　2) s<u>oi</u>l　3) n<u>oi</u>se　4) h<u>ea</u>vy

_____ 5.　1) n<u>oi</u>se　2) t<u>oy</u>　3) m<u>a</u>ke　4) l<u>i</u>ke

Ans:　1.(123)　　2.(1234)　3.(123)　　4.(23)

　　　5.(12)

Lesson 15

[aʊ]

A. Pronouncing Skills

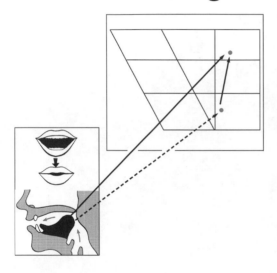

發音位置	舌後→舌後
舌的高度	低階→高階
雙唇狀態	張開、寬
發音要訣	與「傲」的音相似，嘴形由大轉小，由平變圓。 cow [kaʊ] mouth [maʊθ] owl [aʊl]
如國語注音	ㄠㄨ

B. Pronunciation

1. **ou**

out [aʊt] 在外
loud [laʊd] 大聲的
noun [naʊn] 名詞
cloud [klaʊd] 雲
flour [flaʊr] 麵粉
found [faʊnd] 發現
house [haʊs] 房子

round [raʊnd] 圓的
sound [saʊnd] 聲音
mouth [maʊθ] 嘴
south [saʊθ] 南方
proud [praʊd] 驕傲的
mouse [maʊs] 老鼠
doubt [daʊt] 懷疑

shout [ʃaut] 大叫   ground [graund] 地面

2. **ow**

cow [kau] 牛   clown [klaun] 小丑
how [hau] 如何   flower [flaur] 花
now [nau] 現在   brown [braun] 褐色的
town [taun] 城鎮   power [paur] 力量
down [daun] 向下   tower [taur] 塔

C. Contrasting Pairs

[au]	and	[o]
now [nau] 現在		know [no] 知道
bow [bau] 鞠躬		bow [bo] 弓
noun [naun] 名詞		known [non] 知道
out [aut] 在外		oat [ot] 燕麥
town [taun] 城鎮		tone [ton] 音調

D. Sentence Practice

1. How is the cow now?
2. The clown went out and shouted at the cloud.
3. The cow found some flowers on the ground.
4. The cloud is round and the house is brown.

E. Reading/Singing

The Owl and the Pussy-cat — by Edward Lear

The Owl and the Pussy-cat went to sea

In a beautiful pea-green boat;

They took some honey, and plenty of money,

Wrapped up in a five-pound note.

The Owl looked up to the star above,

And sang up a small guitar,

"O lovely Pussy, O Pussy, my love,

What a beautiful Pussy you are,

      You are,

      You are!

What a beautiful Pussy you are!"

F. Exercise: 選出畫線部份發音相同的字

_____1.　1) mouth　2) soul　3) bought　4) southern

_____2.　1) out　2) mouse　3) noun　4) south

_____3.　1) double　2) cloud　3) found　4) mouth

_____4.　1) how　2) down　3) flower　4) power

_____5.　1) saw　2) ball　3) barn　4) chalk

_____6.　1) loud　2) found　3) power　4) dawn

Ans: 1.(0)　　2.(1234)　3.(234)　4.(1234)

　　5.(124)　6.(123)

Lesson 16

[o]

A. Pronouncing Skills

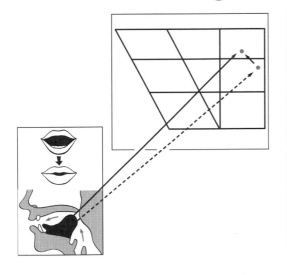

發音位置	舌後→舌後
舌的高度	中階→高階
雙唇狀態	圓形
發音要訣	大致與「歐」的音相似，但是 [o] 音較長，而且唇形更為渾圓。 note [not] open [ˋopən] boat [bot]
如國語注音	ㄡㄨ

B. Pronunciation

1. **o**

go [go] 去
no [no] 不
so [so] 如此
old [old] 老的
cold [kold] 冷的
bold [bold] 大膽的

most [most] 最
hero [ˋhɪro] 英雄
radio [ˋredɪ͵o] 收音機
piano [pɪˋæno] 鋼琴
almost [ˋɔl͵most] 幾乎

2. o-e

bone [bon] 骨
rope [rop] 繩子
home [hom] 家庭
hope [hop] 希望
joke [dʒok] 玩笑

note [not] 注意
nose [noz] 鼻子
rose [roz] 升起；玫瑰
stone [ston] 石頭

3. oa

coat [kot] 外套
boat [bot] 小船
soap [sop] 肥皂

road [rod] 路
coast [kost] 海岸

4. ow

low [lo] 低的
own [on] 自己的
owe [o] 欠
crow [kro] 烏鴉
flow [flo] 流

grow [gro] 成長
show [ʃo] 顯示
know [no] 知道
throw [θro] 丟擲
below [bəˋlo] 在…之下

5. ew, ough

sew [so] 縫紉
though [ðo] 雖然

although [ɔlˋðo] 雖然

C. Contrasting Pairs

[o]	and	[ɑ]
hope [hop] 希望		hop [hɑp] 跳
old [old] 老的		odd [ɑd] 奇怪的
own [on] 自己的		on [ɑn] 在…之上
note [not] 注意		not [nɑt] 不
road [rod] 路		rod [rɑd] 竿

[o]	and	[ɔ]
coast [kost] 海岸		cost [kɔst] 成本
low [lo] 低的		law [lɔ] 法律
bowl [bol] 碗		ball [bɔl] 球
flow [flo] 流		flaw [flɔ] 瑕疵
so [so] 如此		saw [sɔ] 看
coal [kol] 煤		call [kɔl] 叫
woke [wok] 醒		walk [wɔk] 走路
hole [hol] 洞		hall [hɔl] 大廳
cold [kold] 冷的		called [kɔld] 叫
boat [bot] 小船		bought [bɔt] 買
coat [kot] 外套		caught [kɔt] 抓

[o]	and	[aʊ]
know [no] 知道		now [naʊ] 現在
bow [bo] 弓		bow [baʊ] 鞠躬
known [non] 知道		noun [naʊn] 名詞
oat [ot] 燕麥		out [aʊt] 在外
tone [ton] 音調		town [taʊn] 城鎮

D. Sentence Practice

1. The rope is on a boat near the coast.
2. It's cold on the coast; you'd better have your coat on.
3. Lisa hopes to see snow and throw stones on the road.
4. The note shows that the coal here is very old.

E. Reading/Singing

Row, Row, Row Your Boat

Row, row, row your boat,
Gently down the stream.
Merrily, merrily, merrily, merrily,
Life is but a dream.

F. Exercise: 選出畫線部份發音相同的字

_____1.　1) kn**ow**　2) kn**ow**ledge　3) gr**ow**　4) all**ow**

_____2.　1) c**ow**　2) thr**ow**　3) fl**ow**　4) cr**ow**

_____3.　1) **ow**n　2) **ow**e　3) bel**ow**　4) l**ow**

_____4.　1) b**oa**t　2) c**o**ld　3) l**o**se　4) sh**ou**ld

_____5.　1) g**o**　2) m**o**st　3) c**o**ld　4) m**o**ve

_____6.　1) h**o**pe　2) n**o**se　3) b**o**ne　4) j**o**ke

Ans: 1.(13)　2.(234)　3.(1234)　4.(12)
　　 5.(123)　6.(1234)

Lesson 17

[ɪr][iə]

A. Pronouncing Skills

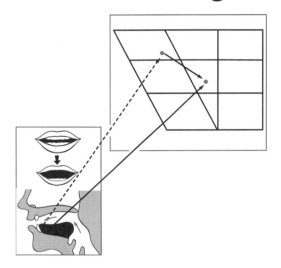

發音位置	舌前→舌中
舌的高度	高階→中階
雙唇狀態	張開
發音要訣	將半母音[r] 接在短母音[ɪ] 的後面。 hear [hɪr] deer [dɪr] pierce [pɪrs]
如國語注音	一儿

B. Pronunciation

1. **eer**

beer [bɪr] 啤酒   steer [stɪr] 駕駛

deer [dɪr] 鹿   queer [kwɪr] 奇怪的

cheer [tʃɪr] 歡呼

2. **ear**

ear [ɪr] 耳
dear [dɪr] 親愛的
fear [fɪr] 害怕
hear [hɪr] 聽
near [nɪr] 近

tear [tɪr] 淚
year [jɪr] 年
clear [klɪr] 清楚的
beard [bɪrd] 鬍鬚
appear [əˈpɪr] 出現

3. **ere**

here [hɪr] 這裏
mere [mɪr] 僅僅
sincere [sɪnˈsɪr] 誠懇的

adhere [ədˈhɪr] 固守
severe [səˈvɪr] 嚴厲的

4. **ea, ier, eu**

real [ˈrɪəl] 真實的
idea [aɪˈdɪə] 主意
ideal [aɪˈdɪəl] 理想的

fierce [fɪrs] 兇猛的
museum [mjuˈzɪəm] 博物館

C. Contrasting Pairs

[ɪr]	and	[ɪ/i]
ear [ɪr] 耳		ill [ɪl] 生病的
beer [bɪr] 啤酒		bill [bɪl] 帳單
dear [dɪr] 親愛的		deal [dil] 交易
fear [fɪr] 害怕		fill [fɪl] 填滿
hear [hɪr] 聽		hill [hɪl] 小山
mere [mɪr] 僅僅		mill [mɪl] 工廠

tear [tɪr] 淚	till [tɪl] 直到
cheer [tʃɪr] 歡呼	chill [tʃɪl] 寒冷
steer [stɪr] 駕駛	still [stɪl] 仍然
appear [əˈpɪr] 出現	appeal [əˈpil] 吸引力； 訴求

D. Sentence Practice

1. The deer is cheering to hear a queer sound.
2. The beer is dear at the market.
3. It is really a good idea to drink beer now.
4. I cheer my dear with a glass of beer.

E. Reading/Singing

You Are My Sunshine

The other night, dear, as I lay sleeping,

I dream I held you in my arms,

When I awake, dear, I was mistaken,

When I am hanging head and cry.

You are my sunshine, my only sunshine.

You make me happy when skies are gray.

You'll never know, dear, how much I love you.

Please don't take my sunshine away.

F. Exercise: 選出畫線部份發音相同的字

_____ 1. 1) earth   2) fear   3) beer   4) heart

_____ 2. 1) beer   2) fear   3) here   4) till

_____ 3. 1) hear   2) clear   3) tear   4) year

_____ 4.　1) b<u>ear</u>　2) As<u>ia</u>　3) n<u>ear</u>　4) h<u>ere</u>
_____ 5.　1) d<u>ear</u>　2) p<u>ear</u>　3) f<u>ear</u>　4) m<u>ere</u>

Ans: 1.(23)　　2.(123)　　3.(1234)　4.(34)
　　　5.(134)

Lesson 18

[εr]

A. Pronouncing Skills

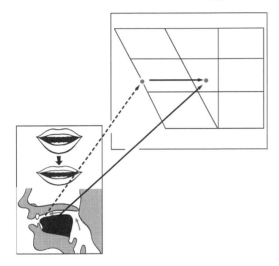

發音位置	舌前→舌中
舌的高度	中階→中階
雙唇狀態	張開
發音要訣	將半母音[r]接在短母音[ε]的後面。 care [kεr] bear [bεr] there [ðεr]
如國語注音	ㄟ儿

B. Pronunciation

1. **are**

care [kεr] 小心
bare [bεr] 赤裸的
dare [dεr] 敢
fare [fεr] 費用
hare [hεr] 野兔
rare [rεr] 稀少的
share [ʃεr] 分享

aware [ə`wεr] 察覺
spare [spεr] 多餘的
stare [stεr] 瞪大眼睛
square [skwεr] 正方形
beware [bɪ`wεr] 小心
prepare [prɪ`pεr] 準備
careful [`kεrfəl] 小心的

farewell [ˈfɛrˈwɛl] 再見

2. air

air [ɛr] 空氣   chair [tʃɛr] 椅子
hair [hɛr] 頭髮   stair [stɛr] 樓梯
pair [pɛr] 一雙   airplane [ˈɛrˌplen] 飛機
fair [fɛr] 公平的

3. ear

bear [bɛr] 熊   pear [pɛr] 梨子
tear [tɛr] 撕   wear [wɛr] 穿

4. ere, eir, ar

were [wɛr, wɝ] 是   their [ðɛr] 他們的
where [hwɛr] 哪裏   theirs [ðɛrz] 他們的
there [ðɛr] 那裏   parent [ˈpɛrənt] 父母
heir [ɛr] 繼承人

C. Contrasting Pairs

[ɛr]　　　　and　　　　 [ɪr]	
air [ɛr] 空氣	ear [ɪr] 耳
bear [bɛr] 熊	beer [bɪr] 啤酒
dare [dɛr] 敢	dear [dɪr] 親愛的
fare [fɛr] 費用	fear [fɪr] 害怕
hare [hɛr] 野兔	here [hɪr] 這裏
hair [hɛr] 頭髮	hear [hɪr] 聽

tear [tɛr] 撕	tear [tɪr] 淚
wear [wɛr] 穿	we're [wɪr] 我們是

D. Sentence Practice

1. Spare the rod and spoil the child.
2. We like to share our spare chairs with others.
3. The hunter is staring at the hare.
4. Daddy wears his rare hair and climbs up the stairs.

E. Reading/Singing

Oh, Where Has My Little Dog Gone?

Oh, where has my little dog gone?
Oh, where, oh, where can he be?
With his tail cut short and his ears cut long,
Oh, where, oh, where can he be?

F. Exercise: 選出畫線部份發音相同的字

_____ 1.　1) h<u>ere</u>　2) sev<u>ere</u>　3) sinc<u>ere</u>　4) w<u>ere</u>

_____ 2.　1) w<u>ere</u>　2) wh<u>ere</u>　3) th<u>ere</u>　4) h<u>ere</u>

_____ 3.　1) c<u>are</u>　2) h<u>are</u>　3) d<u>are</u>　4) b<u>are</u>

_____ 4.　1) sh<u>are</u>　2) p<u>air</u>　3) b<u>ear</u>　4) w<u>ere</u>

_____ 5.　1) h<u>eir</u>　2) th<u>eir</u>　3) p<u>are</u>nt　4) f<u>air</u>

_____ 6.　1) th<u>ere</u>　2) wh<u>ere</u>　3) ch<u>air</u>　4) w<u>ear</u>

Ans: 1.(123)　2.(123)　3.(1234)　4.(1234)
　　　5.(1234)　6.(1234)

Lesson 19

[ar]

A. Pronouncing Skills

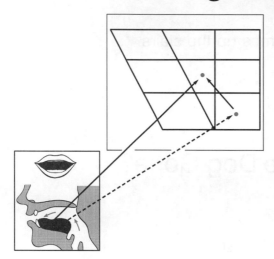

發音位置	舌後→舌中
舌的高度	低階→中階
雙唇狀態	完全張開
發音要訣	把半母音[r]接在短母音[a]的後面。 car [kar] heart [hart]
如國語注音	ㄚㄦ

B. Pronunciation

1. **ar**

are [ar] 是   hark [hark] 傾聽
art [art] 藝術   park [park] 公園
bar [bar] 棒   hard [hard] 硬的
car [kar] 車   harm [harm] 傷害
tar [tar] 焦油   star [star] 星星
jar [dʒar] 缸   start [start] 開始
bark [bark] 吠   large [lardʒ] 大的

farm [farm] 農場

part [part] 部份

party ['partɪ] 宴會

garden ['gardn̩] 花園

parlor ['parlɚ] 客廳

partner ['partnɚ] 合夥人

barber ['barbɚ] 理髮師

March [martʃ] 三月

2. **ear**

heart [hart] 心臟

hearth [harθ] 爐床

hearken ['harkən] 傾聽

C. Contrasting Pairs

[ɑr]	and	[ɝ]
barn [barn] 穀倉		burn [bɝn] 燃燒
far [far] 遠的		fur [fɝ] 毛皮
farther ['farðɚ] 較遠的		further ['fɝðɚ] 較遠的
hard [hard] 硬的		heard [hɝd] 聽到
heart [hart] 心臟		hurt [hɝt] 受傷
star [star] 星星		stir [stɝ] 攪動

D. Sentence Practice

1. The park is dark at night.
2. The farm starts building a barn.
3. We saw stars over the far farm.
4. It's hard to play cards in the dark.

E. Reading/Singing

Are You Sleeping?

Are you sleeping?

Are you sleeping?

Brother John, Brother John?

Morning bells are ringing

Morning bells are ringing

Ding, ding, dong,

Ding, ding, dong.

F. Exercise: 選出畫線部份發音相同的字

_____ 1.   1) <u>a</u>rmy   2) c<u>a</u>lm   3) h<u>ea</u>rt   4) l<u>au</u>gh

_____ 2.   1) b<u>ar</u>k   2) c<u>ar</u>   3) <u>ar</u>t   4) c<u>a</u>lf

_____ 3.   1) b<u>a</u>nk   2) f<u>or</u>   3) st<u>ar</u>   4) f<u>ar</u>m

_____ 4.   1) d<u>aw</u>n   2) sm<u>a</u>ll   3) f<u>ir</u>st   4) w<u>a</u>lk

_____ 5.   1) <u>ar</u>t   2) p<u>ar</u>k   3) g<u>ar</u>den   4) <u>a</u>sk

Ans: 1.(13)   2.(123)   3.(34)   4.(124)

      5.(123)

Lesson 20
[ɔr][or]

A. Pronouncing Skills

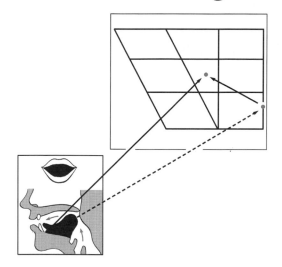

發音位置	舌後→舌中
舌的高度	低階→中階
雙唇狀態	全開
發音要訣	把半母音[r]接在短母音[ɔ]/[o]的後面。 floor [flɔr] war [wɔr]
如國語注音	ㄛ ㄦ

B. Pronunciation

1. **ore**

more [mɔr] 較多的   store [stɔr] 商店
tore [tɔr] 撕   before [brˈfɔr] 在…之前
shore [ʃɔr] 海岸

2. **or**

or [ɔr] 或者	sort [sɔrt] 種類
for [fɚ] 為了	north [nɔrθ] 北方
nor [nɔr] 也不	short [ʃɔrt] 短的
born [bɔrn] 出生	horse [hɔrs] 馬

3. **ar**

war [wɔr] 戰爭	quarter [ˋkwɔrtɚ] 一刻鐘；四
warn [wɔrn] 警告	分之一
warm [wɔrm] 溫暖的	

4. **oar, oor, our**

oar [ɔr] 槳	four [fɔr] 四
roar [rɔr] 吼	pour [por] 倒
board [bɔrd] 板	court [kɔrt] 法院
door [dɔr] 門	course [kɔrs] 課程
floor [flɔr] 地板	

C. Contrasting Pairs

[ɔr]	and	[ɝ]
board [bɔrd] 板		bird [bɝd] 鳥
born [bɔrn] 出生		burn [bɝn] 燃燒
course [kɔrs] 課程		curse [kɝs] 詛咒
torn [tɔrn] 撕		turn [tɝn] 轉

D. Sentence Practice

1. This sort of horse is for the war.
2. The floor of the house is warm.
3. Mr. More is at the store to buy more short boards.
4. I was born in a store near the shore.

E. Reading/Singing

Song — from PIPPA PASSES, by Robert Browning
The year's at the spring
And day's at the morn;
Morning's at seven;
The hill-side's dew-pearled;
The lark's on the wing;
The snail's on the thorn:
God's in his heaven— —
All's right with the world!

F. Exercise: 選出畫線部份發音相同的字

_____1. 1) d<u>oor</u> 2) c<u>oo</u>l 3) c<u>oo</u>k 4) fl<u>oor</u>
_____2. 1) <u>or</u> 2) w<u>ore</u> 3) m<u>ore</u> 4) w<u>ar</u>
_____3. 1) s<u>ore</u> 2) w<u>ar</u>n 3) m<u>ay</u> 4) s<u>or</u>t
_____4. 1) sh<u>ort</u> 2) w<u>ore</u> 3) t<u>ore</u> 4) h<u>or</u>se
_____5. 1) b<u>ore</u> 2) f<u>or</u> 3) fl<u>oor</u> 4) l<u>o</u>st

Ans: 1.(14)   2.(1234) 3.(124)   4.(1234)
    5.(123)

Do You Know?

英語音節的分法

英語音節分法之依據為<u>母音</u>：

1. **單音節**：一個音節的單字，只有一個母音，以下類推；此母音以音標為依據，可能是單母音或雙母音，如：

   cup [kʌp] 杯子

   boy [bɔɪ] 男孩

   *其主要類型如下：

   (1)母音＋子音：如 at [æt] 在…

   　　　　　　　　up [ʌp] 上；向上

   (2)子音＋母音：如 me [mi] 我

   　　　　　　　　he [hi] 他

   (3)子音＋母音＋子音：如 cut [kʌt] 切

   　　　　　　　　　　　book [bʊk] 書

2. **雙音節**：即有二個母音，由一個或二個以上的子音分開，如：

   ago [əˈgo] 以前

   about [əˈbaʊt] 大約

   August [ˈɔgəst] 八月

   *其主要類型如下：

   (1)<u>子音＋母音＋子音＋母音</u>，如 pretty [ˈprɪtɪ] 美麗的

   (2)<u>子音＋母音＋子音＋母音＋子音</u>，如

   　　fourteen [ˌfɔrˈtin] 十四

   (3)<u>母音＋子音＋母音</u>，如 again [əˈgen] 再

   (4)<u>母音＋子音＋母音＋子音</u>，如 almost [ˌɔlˈmost] 幾乎

3. 雙音節以上之用法依此延伸，然須注意其重音。

Lesson 21
[ur]

A. Pronouncing Skills

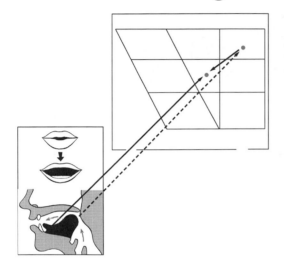

發音位置	舌後→舌中
舌的高度	高階→中階
雙唇狀態	圓形、半開
發音要訣	將半母音 [r] 接在短母音 [u] 的後面。 poor [pur] cure [kjur] tour [tur]
如國語注音	ㄨㄦ

B. Pronunciation

1. **ure**

cure [kjur] 治療
pure [pjur] 純潔的

sure [ʃur] 確信的
endure [ɪnˋdjur] 忍受

2. **our**

tour [tur] 旅行

your [jur] 你的

3. **oor**

poor [pur] 窮的   moor [mur] 荒野

C. Contrasting Pairs

[ur]	and	[ɛr]
cure [kjur] 治療		care [kɛr] 小心
pure [pjur] 純潔的		pair [pɛr] 一雙
poor [pur] 窮的		pear [pɛr] 梨子
tour [tur] 旅行		tear [tɛr] 撕
sure [ʃur] 確信的		share [ʃɛr] 分享

D. Sentence Practice

1. Your tour in the moor is hard to endure.
2. The air in the moor is pure.
3. Sometimes tours give Allen a cure.
4. Bob is sure to enjoy his tour in the moor.

E. Reading/Singing

The North Wind Doth Blow

The north wind doth blow,

And we shall have snow,

And what will the robin do then? Poor thing.

He'll sit in the barn to keep himself warm,

And hide his head under his wing. Poor thing!

F. Exercise: 選出畫線部份發音相同的字

_____ 1. 1) c<u>ou</u>nt   2) c<u>ou</u>sin   3) c<u>ou</u>ple   4) d<u>ou</u>ble

_____ 2. 1) p<u>oor</u>   2) s<u>o</u>n   3) t<u>our</u>   4) s<u>ure</u>

_____ 3. 1) c<u>ure</u>   2) m<u>oor</u>   3) t<u>our</u>   4) p<u>ure</u>

_____ 4. 1) y<u>our</u>   2) p<u>ure</u>   3) c<u>ure</u>   4) d<u>oes</u>

_____ 5. 1) t<u>our</u>   2) p<u>oor</u>   3) f<u>ear</u>   4) p<u>ure</u>

Ans: 1.(234)   2.(134)   3.(1234)   4.(123)

5.(124)

子音篇
Consonant

Lesson 22
[p]

A. Pronouncing Skills

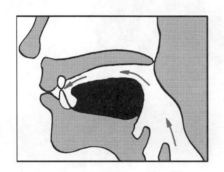

發音部位	上下唇
發音種類	爆發音
聲音氣息	有氣無聲
發音要訣	雙唇緊閉將氣流堵住而後突然打開使氣流爆發出來。（注意：聲帶不可振動） pie [paɪ] ship [ʃɪp]
如國語注音	˙ㄆ

B. Pronunciation
1. Front 字首

pen [pɛn] 筆

pay [pe] 付

put [pʊt] 放

park [pɑrk] 公園；停車

port [pɔrt] 港口

price [praɪs] 價格

pencil [ˋpɛnsl̩] 鉛筆

police [pəˋlis] 警察

pretty [ˋprɪtɪ] 美麗的；相當地

2. **Between** 字中

apple [ˋæpl̩] 蘋果   happen [ˋhæpən] 發生
supper [ˋsʌpɚ] 晚餐   spoil [spɔɪl] 弄壞
speak [spik] 說   respect [rɪˋspɛkt] 尊敬

3. **End** 字尾

up [ʌp] 上；向上   map [mæp] 地圖
cup [kʌp] 杯子   tip [tɪp] 尖端
hop [hɑp] 跳   top [tɑp] 頂端
lip [lɪp] 嘴唇

C. Contrasting Pairs

[p]	and	[b]
pack [pæk] 包裹		back [bæk] 向後
top [tɑp] 頂端		bob [bɑb] 浮動
pay [pe] 付錢		bay [be] 海灣
park [pɑrk] 公園；停車		bark [bɑrk] 吠

D. Sentence Practice

1. The pen and the pencil are put on the desk.
2. The apples are on the top of the map.
3. The police paid good price for the map.
4. The park is full of apples in April.

E. Reading/Singing

Oats, Peas, Beans

Oats, peas, beans and barley grow,

Oats, peas, beans and barley grow,

Do you or I, or anyone, know how

Oats, peas, beans and barley grow?

F. Exercise: 選出畫線部份發音相同的字

_____1.   1)price   2)shepherd   3)orphan   4)nephew

_____2.   1)corps   2)price   3)top   4)hope

_____3.   1)people   2)pigeon   3)stop   4)photo

_____4.   1)soap   2)up   3)orphan   4)put

_____5.   1)pay   2)photo   3)map   4)lip

_____6.   1)road   2)goat   3)coal   4)boast

Ans: 1.(12)   2.(234)   3.(123)   4.(124)

5.(134)   6.(1234)

Lesson 23
[b]

A. Pronouncing Skills

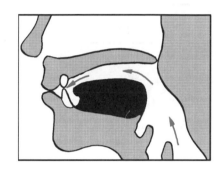

發音部位	上下唇
發音種類	爆發音
聲音氣息	有氣有聲
發音要訣	雙唇緊閉將氣流堵住而後突然打開，使氣流爆發出來並發出聲音。 by [baɪ] cab [kæb]
如國語注音	·ㄅ

B. Pronunciation

1. Front 字首

bet [bɛt] 打賭

bag [bæg] 袋子

big [bɪg] 大的

beg [bɛg] 請求

bee [bi] 蜜蜂

boy [bɔɪ] 男孩

bone [bon] 骨頭

brave [brev] 勇敢的

2. Between 字中

baby [ˈbebɪ] 嬰兒

above [əˈbʌv] 在…之上

about [əˈbaʊt] 大約

able [ˈebl̩] 能夠的

table [ˋtebḷ] 餐桌
robe [rob] 袍子

robber [ˋrɑbɚ] 強盜

3. End 字尾

rob [rɑb] 搶劫
job [dʒɑb] 工作

cab [kæb] 計程車

C. Contrasting Pairs

[b]	and	[p]
bull [bʊl] 公牛		pull [pʊl] 拉
big [bɪg] 大的		pig [pɪg] 豬
buy [baɪ] 買		pie [paɪ] 派
beak [bik] 鳥嘴		peak [pik] 山頂
robe [rob] 袍子		rope [rop] 繩子

D. Sentence Practice

1. The baby is able to sit on the table.
2. The robber robs the baby of its robe.
3. The big cab takes the table on its top.
4. The boys are buying their robes.

E. Reading/Singing

Blowing in the Wind

How many roads must a man walk down
Before they call him a man?
How many seas must a white dove sail

Before she sleeps in the sand?

How many times must a cannon ball fly

Before they're forever banned?

The answer, my friend, is blowing in the wind.

The answer is blowing in the wind.

F. Exercise: 選出畫線部份發音相同的字

_____1.　1)bom<u>b</u>　2)com<u>b</u>　3)dum<u>b</u>　4)clim<u>b</u>

_____2.　1)de<u>b</u>t　2)dou<u>b</u>t　3)bom<u>b</u>　4)ro<u>b</u>e

_____3.　1)fa<u>b</u>le　2)de<u>b</u>t　3)ro<u>b</u>　4)ru<u>b</u>

_____4.　1)<u>b</u>ag　2)jo<u>b</u>　3)<u>d</u>o　4)<u>b</u>rother

_____5.　1)g<u>u</u>n　2)s<u>u</u>gar　3)f<u>u</u>ll　4)<u>u</u>ntil

Ans:　1.(1234)　2.(123)　3.(134)　4.(124)

　　　5.(23)

Lesson 24
[t]

A. Pronouncing Skills

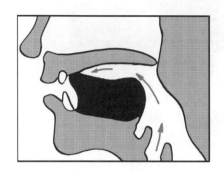

發音部位	牙齦與舌尖
發音種類	爆發音
聲音氣息	有氣無聲
發音要訣	舌尖頂住上齒齦將氣流堵住,然後突然彈開舌尖使氣流爆發出來。 tie [taɪ] get [gɛt]
如國語注音	˙ㄊ

B. Pronunciation
1. Front 字首

top [tɑp] 頂端　　　　　　　　talk [tɔk] 談話

toe [to] 腳趾　　　　　　　　　tall [tɔl] 高的

tub [tʌb] 浴盆; 盆　　　　　　tail [tel] 尾巴

two [tu] 二　　　　　　　　　　tell [tɛl] 告訴

take [tek] 拿　　　　　　　　　table [ˈtebl̩] 餐桌

2. **Between** 字中

gate [get] 大門
late [let] 遲的
mate [met] 朋友
stop [stɑp] 停

latter [ˈlætɚ] 後者
letter [ˈlɛtɚ] 信
little [ˈlɪtl̩] 小的
butter [ˈbʌtɚ] 奶油

3. **End** 字尾

3.1 **- t**

let [lɛt] 讓
bit [bɪt] 一點點
sit [sɪt] 坐

seat [sit] 座位
right [raɪt] 對的
bright [braɪt] 光亮的

3.2 **-ed**

liked [laɪkt] 喜歡
kicked [kɪkt] 踢
pressed [prɛst] 壓

stopped [stɑpt] 停
washed [wɑʃt] 洗
wiped [waɪpt] 擦

C. Contrasting Pairs

[t] and	[d]
let [lɛt] 讓	lead [lid] 領導
two [tu] 二	do [du] 做
spent [spɛnt] 花費	spend [spɛnd] 花費
bent [bɛnt] 彎曲	bend [bɛnd] 彎曲

[t]	and	[d]
liked [laɪkt] 喜歡 kicked [kɪkt] 踢 washed [waʃt] 洗 wiped [waɪpt] 擦		loved [lʌvd] 愛 killed [kɪld] 殺 warned [wɔrnd] 警告 wondered [ˈwʌndɚd] 驚奇

[tɪd]	and	[dɪd]
waited [ˈwetɪd] 等待 wanted [ˈwɑntɪd] 要 heated [ˈhitɪd] 加熱 planted [ˈplæntɪd] 種		needed [ˈnidɪd] 需要 intended [ɪnˈtɛndɪd] 企圖 extended [ɪkˈstɛndɪd] 延長 attended [əˈtɛndɪd] 參 加

D. Sentence Practice

1. I sent a bread-and-butter letter to my little brother.
2. Tom is sitting on my right seat.
3. Tim stops talking at the table.
4. The teacher is beating time when they sing.

E. Reading/Singing

East, West, Home Is Best

Is there a place better than here?

I haven't found it yet.

Is there a town better than here?

I haven't been there yet.

F. Exercise: 選出畫線部份發音相同的字

_____ 1.　1)<u>Th</u>omas　2)ask<u>ed</u>　3)si<u>tt</u>ing　4)rea<u>d</u>

_____ 2.　1)lis<u>t</u>en　2)cas<u>t</u>le　3)Chris<u>t</u>mas　4)fa<u>t</u>

_____ 3.　1)robb<u>ed</u>　2)<u>t</u>wo　3)le<u>t</u>　4)ask<u>ed</u>

_____ 4.　1)si<u>t</u>　2)righ<u>t</u>　3)<u>th</u>rough　4)<u>th</u>e

_____ 5.　1)kill<u>ed</u>　2)<u>t</u>ie　3)push<u>ed</u>　4)<u>t</u>ake

Ans: 1.(123)　2.(123)　3.(234)　4.(12)
　　　5.(234)

Lesson 25
[d]

A. Pronouncing Skills

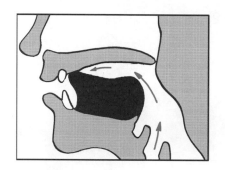

發音部位	牙齦與舌尖
發音種類	爆發音
聲音氣息	有氣有聲
發音要訣	舌尖頂住上齒齦將氣流堵住，然後突然彈開舌尖使氣流爆發出來並發出聲音。 day [de] red [rɛd]
如國語注音	˙ㄅ

B. Pronunciation
1. Front 字首

dry [draɪ] 乾的   deaf [dɛf] 聾子

dog [dɔg] 狗   debt [dɛt] 債

desk [dɛsk] 書桌   dirty [ˈdɝtɪ] 髒的

door [dɔr] 門   doctor [ˈdɑktɚ] 醫生

2. Between 字中

middle [ˈmɪdl̩] 中間   garden [ˈgɑrdn̩] 花園

sudden [ˈsʌdn̩] 突然的   window [ˈwɪndo] 窗戶

3. End 字尾

did [dɪd] 做   ride [raɪd] 騎

old [old] 老的   wide [waɪd] 寬的

red [rɛd] 紅色的   round [raʊnd] 圓的

hide [haɪd] 藏

C. Contrasting Pairs

[d]	and	[t]
bed [bɛd] 床		bet [bɛt] 打賭
bad [bæd] 壞的		bat [bæt] 球拍；蝙蝠
led [lɛd] 領導		let [lɛt] 讓
hid [hɪd] 藏		hit [hɪt] 打擊
need [nid] 需要		neat [nit] 整潔的

D. Sentence Practice

1. A dog is standing in the middle of the garden.
2. The doctor has a red round face.
3. The dog is jumping out from the wide window.
4. The red bed under the old desk is very dirty.

E. Reading/Singing

The Donkey

Sweetly sings the donkey at the break of day;

If you do not feed him, this is what he'll say,

"Hee-haw! Hee-haw! Hee-haw! Hee-haw!

Hee-haw!"

F. Exercise: 選出畫線部份發音相同的字

_____ 1.   1)lik<u>ed</u>   2)stopp<u>ed</u>   3)pass<u>ed</u>   4)wash<u>ed</u>

_____ 2.   1)want<u>ed</u>   2)need<u>ed</u>   3)sav<u>ed</u>   4)wip<u>ed</u>

_____ 3.   1)kick<u>ed</u>   2)watch<u>ed</u>   3)pass<u>ed</u>   4)call<u>ed</u>

_____ 4.   1)wash<u>ed</u>   2)wav<u>ed</u>   3)show<u>ed</u>   4)bann<u>ed</u>

_____ 5.   1)ba<u>d</u>   2)gar<u>d</u>en   3)like<u>d</u>   4)win<u>d</u>ow

Ans: 1.(1234)   2.(12)   3.(123)   4.(234)
    5.(124)

Do You Know?

"ed"的讀法

"ed"的讀法有三種:

1. [t]: 凡動詞末尾是無聲的子音, 如 [p], [t], [k], [f], [θ], [s], [ʃ], [tʃ], 後面加"ed"時, "ed"讀 [t] 的音。
   e.g.
   stopped [stɑpt] 停止
   liked [laɪkt] 喜歡
   kicked [kɪkt] 踢
   passed [pæst] 經過

2. [d]: 凡動詞末尾是有聲的子音, 如 [b], [d], [m], [r], [l], [n]等, 後面加"ed"時, "ed" 仍讀 [d] 的音。
   e.g.
   called [kɔld] 叫
   saved [sevd] 救援
   stayed [sted] 停留
   seemed [simd] 似乎

3. [ɪd]: 凡動詞末尾是 [d] 或 [t], 加"ed"時, "ed" 讀 [ɪd] 的音。
   e.g.
   wanted [ˈwɑntɪd] 要
   waited [ˈwetɪd] 等待
   needed [ˈnidɪd] 需要
   planted [ˈplæntɪd] 種

Lesson 26
[k]

A. Pronouncing Skills

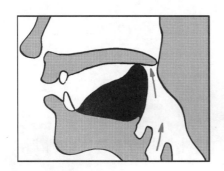

發音部位	軟顎與舌後
發音種類	爆發音
聲音氣息	有氣無聲
發音要訣	舌根貼於上顎將氣流堵住，然後將舌根彈開，使氣流爆發出來。 keep [kip] make [mek]
如國語注音	˙ㄎ

B. Pronunciation

1. Front 字首

key [ki] 鑰匙　　　　　　　kite [kaɪt] 風箏
keep [kip] 保持　　　　　　kitchen [ˋkɪtʃən] 厨房
kick [kɪk] 踢　　　　　　　kitten [ˋkɪtn̩] 小貓

c → [k]

cap [kæp] 帽子　　　　　　camel [ˋkæml̩] 駱駝
cable [ˋkebl̩] 電纜　　　　　class [klæs] 班級
catch [kætʃ] 捉著；抓　　　clear [klɪr] 清晰的；晴朗的

clever [ˋklɛvɚ] 聰明的

clock [klɑk] 鐘

cold [kold] 冷的

come [kʌm] 來

climb [klaɪm] 爬

2. Between 字中

ankle [ˋæŋkl̩] 足踝

pocket [ˋpɑkɪt] 口袋

market [ˋmɑrkɪt] 市場

c → [k]

become [bɪˋkʌm] 變成

factory [ˋfæktərɪ] 工廠

local [ˋlokl̩] 當地的

expect [ɪkˋspɛkt] 預期；期待

3. End 字尾

back [bæk] 背後

pack [pæk] 包裝

book [bʊk] 書

duck [dʌk] 鴨子

lack [læk] 缺少

look [lʊk] 看

black [blæk] 黑色

C. Contrasting Pairs

[k]	and	[g]
back [bæk] 背後		bag [bæg] 袋子
lack [læk] 缺少		lag [læg] 落後
cold [kold] 冷的		gold [gold] 黃金
class [klæs] 班級		glass [glæs] 玻璃
cable [ˋkebl̩] 電纜		gable [ˋgebl̩] 山形牆

D. Sentence Practice

1. We will keep the clever camel in our factory.

2. The kitten is catching a cable in a kitchen.

3. Dick came back at night to pack his books.

4. The duck looked back and climbed up the hill.

E. Reading/Singing

Hickory, Dickory Dock

Hickory, Dickory Dock!

The mouse ran up the clock.

The clock struck one, the mouse ran down.

Hickory, Dickory Dock!

F. Exercise: 選出畫線部份發音相同的字

_____ 1.　1)mus<u>c</u>le　2)<u>c</u>lass　3)musi<u>c</u>　4)<u>c</u>old

_____ 2.　1)<u>k</u>nee　2)<u>k</u>nock　3)<u>k</u>night　4)<u>k</u>now

_____ 3.　1)<u>k</u>ey　2)<u>ch</u>ild　3)<u>ch</u>emist　4)ba<u>ck</u>

_____ 4.　1)<u>c</u>ry　2)lo<u>c</u>al　3)<u>c</u>lear　4)<u>ch</u>eer

_____ 5.　1)<u>c</u>lear　2)<u>Ch</u>ristmas　3)<u>ch</u>est　4)<u>c</u>lock

Ans:　1.(234)　　2.(1234)　3.(134)　　4.(123)

　　　5.(124)

Lesson 27
[g]

A. Pronouncing Skills

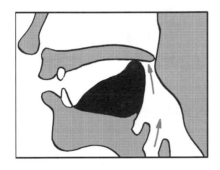

發音部位	軟顎與舌後
發音種類	爆發音
聲音氣息	有氣有聲
發音要訣	舌根貼於上顎將氣流堵住，然後將舌根彈開，使氣流爆發出來並發出聲音。 gay [ge] egg [ɛg]
如國語注音	˙ ㄍ

B. Pronunciation
1. Front 字首

god [gɑd] 神

gold [gold] 黃金

girl [gɝl] 女孩

good [gʊd] 好的

give [gɪv] 給

green [grin] 綠的

ghost [gost] 鬼

guess [gɛs] 猜

guest [gɛst] 客人

2. **Between** 字中

ago [əˈgo] 以前
again [əˈgen] 再
eagle [ˈigl̩] 老鷹
angle [ˈæŋgl̩] 角度
ugly [ˈʌglɪ] 醜的

beggar [ˈbɛgɚ] 乞丐
finger [ˈfɪŋgɚ] 手指
forget [fɚˈgɛt] 忘記
August [ˈɔgəst] 八月

3. **End** 字尾

egg [ɛg] 蛋
bag [bæg] 袋子
beg [bɛg] 請求
leg [lɛg] 腿

lag [læg] 落後
dig [dɪg] 挖
dog [dɔg] 狗
pig [pɪg] 豬

C. Contrasting Pairs

[g]	and	[k]
pig [pɪg] 豬		pick [pɪk] 挑選
lag [læg] 落後		lack [læk] 缺少
bag [bæg] 袋子		back [bæk] 背後
dig [dɪg] 挖		Dick [dɪk] 迪克（人名）
gum [gʌm] 樹膠		come [kʌm] 來
angle [ˈæŋgl̩] 角度		ankle [ˈæŋkl̩] 足踝

D. Sentence Practice

1. A good girl gave me a green bag in August.

2. A dog is digging a hole with its legs.

3. Amy put a bag on the back of the pig.

4. The eagle is looking at the beggar.

E. Reading/Singing

Amazing Grace

Amazing grace, how sweet the sound
That saved a wretch like me!
I once was lost but now I'm found,
Was blind but now I see.

F. Exercise: 選出畫線部份發音相同的字

_____1.   1)cat<u>ch</u>   2)e<u>ch</u>o   3)stoma<u>ch</u>   4)<u>ch</u>emistry

_____2.   1)<u>q</u>ueen   2)<u>q</u>uick   3)<u>q</u>uestion   4)<u>q</u>uite

_____3.   1)<u>g</u>reat   2)<u>g</u>old   3)<u>g</u>entle   4)<u>g</u>lad

_____4.   1)<u>g</u>ender   2)<u>g</u>iant   3)<u>g</u>host   4)<u>g</u>enius

_____5.   1)fin<u>g</u>er   2)a<u>g</u>e   3)a<u>g</u>ain   4)di<u>g</u>

Ans: 1.(234)   2.(1234)   3.(124)   4.(124)
   5.(134)

Lesson 28

[f]

A. Pronouncing Skills

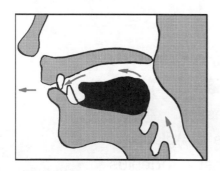

發音部位	上齒與下唇
發音種類	摩擦音
聲音氣息	有氣無聲
發音要訣	將下唇頂住上齒，用力將氣流從中間送出。 fat [fæt] knife [naɪf]
如國語注音	·ㄈㄨ

B. Pronunciation

1. Front 字首

fat [fæt] 胖的

face [fes] 面；臉

fall [fɔl] 落下

fail [fel] 失敗

fate [fet] 命運

fable [ˈfebl̩] 寓言

fifth [fɪfθ] 第五

fill [fɪl] 填滿

friend [frɛnd] 朋友

finger [ˈfɪŋgɚ] 手指

flower [flauɚ] 花

farmer [ˈfɑrmɚ] 農夫

full [fʊl] 充滿

2. **Between** 字中

left [lɛft] 左邊；離開   office [ˋɔfɪs] 辦公室
after [ˋæftɚ] 之後   often [ˋɔfən] 經常
infant [ˋɪnfənt] 幼兒   sofa [ˋsofə] 沙發

3. **End** 字尾
3.1

off [ɔf] 離開   wife [waɪf] 妻子
life [laɪf] 生命   knife [naɪf] 刀子
safe [sef] 安全的

3.2   **-gh** → [f]

laugh [læf] 嘲笑；笑   enough [ɪˋnʌf] 足夠的
cough [kɔf] 咳嗽   rough [rʌf] 粗的
tough [tʌf] 堅硬的

3.3   **-ph** → [f]

orphan [ˋɔrfən] 孤兒   photograph [ˋfotəˏgræf] 照
telephone [ˋtɛləˏfon] 電話   相；相片
physics [ˋfɪzɪks] 物理學   phonograph [ˋfonəˏgræf] 唱機

C. Contrasting Pairs

[f]	and	[v]
fine [faɪn] 好的		vine [vaɪn] 葡萄樹
safe [sef] 安全的		save [sev] 存；解救
leaf [lif] 樹葉		leave [liv] 離開
face [fes] 臉		vase [ves] 花瓶
fail [fel] 失敗		veil [vel] 面紗

D. Sentence Practice

1. His face is full of flowers.
2. Father likes to tell fables to the orphans.
3. The farmer often saves his money in a safe.
4. Frank helped the orphans to face their own fates.

E. Reading/Singing

Mail Myself to You

I'm going to wrap myself in paper,
I'm going to dumb myself with glue,
Stick some stamps on top of my head.
I'm going to mail myself to you!

F. Exercise: 選出畫線部份發音相同的字

_____ 1.　1)cou<u>gh</u>　2)tou<u>gh</u>　3)li<u>gh</u>t　4)lau<u>gh</u>

_____ 2.　1)tele<u>ph</u>one　2)<u>ph</u>otograph　3)cou<u>gh</u>　4)lau<u>gh</u>

_____ 3.　1)<u>f</u>ace　2)tou<u>gh</u>　3)enou<u>gh</u>　4)rou<u>gh</u>

_____ 4.　1)o<u>ff</u>　2)o<u>f</u>　3)<u>v</u>ery　4)<u>v</u>isit

_____ 5.　1)si<u>gh</u>　2)li<u>gh</u>t　3)throu<u>gh</u>　4)fi<u>gh</u>t

Ans: 1.(124)　2.(1234)　3.(1234)　4.(234)
　　5.(1234)

Lesson 29
[v]

A. Pronouncing Skills

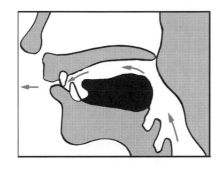

發音部位	上齒與下唇
發音種類	摩擦音
聲音氣息	有氣有聲
發音要訣	將下唇頂住上齒，用力將聲音從中間送出。 vote [vot] give [gɪv]
如國語注音	˙ㄈㄨ（近）

B. Pronunciation
1. Front 字首

vase [ves] 花瓶

very [ˋvɛrɪ] 非常地

verb [vɝb] 動詞

vest [vɛst] 背心

view [vju] 觀察；見解

value [ˋvælju] 價值

visit [ˋvɪzɪt] 參觀

violin [͵vaɪəˋlɪn] 小提琴

virtue [ˋvɝtʃʊ] 美德

vote [vot] 投票

vow [vaʊ] 發誓；誓言

2. **Between** 字中

never [ˈnɛvɚ] 永不　　　　　　diver [ˈdaɪvɚ] 潛水者
river [ˈrɪvɚ] 河流　　　　　　driver [ˈdraɪvɚ] 司機
over [ˈovɚ] 在上

3. **End** 字尾

dive [daɪv] 潛水　　　　　　give [ɡɪv] 給
five [faɪv] 五　　　　　　　drive [draɪv] 駕駛
live [lɪv] 住

C. Contrasting Pairs

[v]	and	[b]
vase [ves] 花瓶		base [bes] 基礎
vest [vɛst] 背心		best [bɛst] 最好
very [ˈvɛrɪ] 非常地		berry [ˈbɛrɪ] 漿果
very [ˈvɛrɪ] 很		bury [ˈbɛrɪ] 埋葬
vote [vot] 投票		boat [bot] 小船
vow [vau] 發誓；誓言		bow [bau] 鞠躬

D. Sentence Practice

1. The view over the river is fine.
2. The diver visited the driver and gave him a violin.
3. We never dive in the river.
4. My friends vow to vote for me.

E. Reading/Singing

Red River Valley

From this valley they say you are leaving.

I will miss your bright eyes and sweet smiles.

For you take with you all of the sunshine,

That brightened my way for a while.

F. Exercise: 選出畫線部份發音相同的字

_____ 1.　1)telephone　2)Stephen　3)of　4)over

_____ 2.　1)few　2)view　3)vine　4)five

_____ 3.　1)photo　2)violin　3)over　4)live

_____ 4.　1)Steve　2)vine　3)drive　4)never

_____ 5.　1)river　2)vote　3)of　4)off

Ans:　1.(234)　　2.(234)　　3.(234)　　4.(1234)

　　　5.(123)

Lesson 30
[θ]

A. Pronouncing Skills

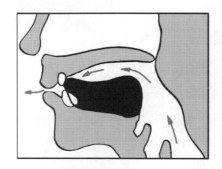

發音部位	上下齒與舌端
發音種類	摩擦音
聲音氣息	有氣無聲
發音要訣	雙唇微開，將舌尖置於上下齒中間，用力將氣流從中間送出。 thick [θɪk] both [boθ]
如國語注音	ㄙ（近）

B. Pronunciation
1. Front 字首

thin [θɪn] 薄的

thick [θɪk] 厚的

third [θɝd] 第三

thief [θif] 小偷

think [θɪŋk] 想

thank [θæŋk] 謝謝

thumb [θʌm] 大姆指

three [θri] 三

throw [θro] 丟；投

through [θru] 經過

thought [θɔt] 想

thirty [ˋθɝtɪ] 三十

thirsty [ˋθɝstɪ] 口渴的

throne [θron] 王座

throat [θrot] 喉嚨

thunder [ˋθʌndɚ] 雷

theater [ˈθɪətɚ] 戲院　　　　　thousand [ˈθaʊzn̩d] 千

2. **Between** 字中

author [ˈɔθɚ] 作者　　　　　anything [ˈɛnɪˌθɪŋ] 任何事
method [ˈmɛθəd] 方法　　　　nothing [ˈnʌθɪŋ] 無物
athletic [æθˈlɛtɪk] 運動的　　birthday [ˈbɝθˌde] 生日
faithful [ˈfeθfəl] 忠實的　　　wealthy [ˈwɛlθɪ] 富有的
something [ˈsʌmθɪŋ] 某些東西

3. **End** 字尾

bath [bæθ] 洗澡　　　　both [boθ] 兩者皆…
death [dɛθ] 死　　　　　birth [bɝθ] 出生
earth [ɝθ] 地球　　　　eighth [etθ] 第八
south [saʊθ] 南方　　　cloth [klɔθ] 布
north [nɔrθ] 北方　　　wealth [wɛlθ] 財富
mouth [maʊθ] 口；嘴　 tenth [tɛnθ] 第十
health [hɛlθ] 健康　　　youth [juθ] 年輕
tooth [tuθ] 牙齒　　　　breath [brɛθ] 呼吸
month [mʌnθ] 月　　　　length [lɛŋθ] 長度
worth [wɝθ] 價值

C. Contrasting Pairs

[θ]	and	[t]
bath [bæθ] 洗澡		bat [bæt] 球拍
both [boθ] 兩者皆…		boat [bot] 小船
faith [feθ] 信心		fate [fet] 命運
thank [θæŋk] 感謝		tank [tæŋk] 坦克車
thought [θɔt] 思想		taught [tɔt] 教導

tenth [tɛnθ] 第十	tent [tɛnt] 帳篷
thick [θɪk] 厚的	tick [tɪk] 核對
thin [θɪn] 薄的	tin [tɪn] 錫
three [θri] 三	tree [tri] 樹木

D. Sentence Practice

1. I think the thief will not come to the theater tonight.
2. As we were not wealthy, I received nothing for my birthday.
3. The prince threw away his throne and became a beggar.
4. Health is more important than wealth.

E. Reading/Singing

Father, We Thank Thee

Father, we thank thee for the night,
And for the pleasant morning light,
For the rest and food and loving care,
And all that makes the world so fair.

F. Exercise: 選出畫線部份發音相同的字

_____1.　　1)sou<u>th</u>　　2)<u>th</u>ink　　3)ba<u>th</u>ing　　4)brea<u>th</u>less
_____2.　　1)fa<u>th</u>er　　2)<u>th</u>ing　　3)tru<u>th</u>　　4)too<u>th</u>
_____3.　　1)<u>th</u>ese　　2)<u>th</u>ought　　3)<u>th</u>em　　4)<u>th</u>us
_____4.　　1)<u>th</u>eater　　2)ga<u>th</u>er　　3)<u>th</u>ey　　4)<u>th</u>is
_____5.　　1)<u>th</u>ose　　2)<u>th</u>eir　　3)ra<u>th</u>er　　4)<u>th</u>e

Ans: 1.(124)　　2.(234)　　3.(134)　　4.(234)
　　　5.(1234)

Lesson 31
[ð]

A. Pronouncing Skills

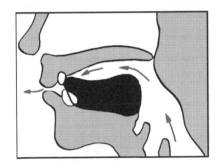

發音部位	上下齒與舌端
發音種類	摩擦音
聲音氣息	有氣有聲
發音要訣	雙唇微開，將舌尖置於上下齒中間，用力將聲音從中間送出。 this [ðɪs] bathe [beð]
如國語注音	ㄖ（近）

B. Pronunciation
1. Front 字首

the [ðə] 這

this [ðɪs] 這個

that [ðæt] 那個

than [ðæn] 比較

thus [ðʌs] 如此

then [ðɛn] 然後

they [ðe] 他們

their [ðɛr] 他們的

them [ðɛm] 他們

these [ðiz] 這些

those [ðoz] 那些

though [ðo] 雖然

2. **Between** 字中

other [ˈʌðɚ] 其他的
another [əˈnʌðɚ] 另一個
rather [ˈræðɚ] 相當地
gather [ˈgæðɚ] 聚集
together [təˈgeðɚ] 一起
feather [ˈfɛðɚ] 羽毛
leather [ˈlɛðɚ] 皮革

weather [ˈwɛðɚ] 天氣
whether [ˈhwɛðɚ] 是否
brother [ˈbrʌðɚ] 兄弟
mother [ˈmʌðɚ] 母親
father [ˈfɑðɚ] 父親
without [wɪðˈaut] 沒有
northern [ˈnɔrðɚn] 北方的

3. **End** 字尾

3.1 -th

with [wɪð] 與

smooth [smuð] 平滑的

3.2 -the

bathe [beð] 洗澡
clothe [kloð] 穿衣

breathe [brið] 呼吸

C. Contrasting Pairs

[ð]	and	[θ]
bathe [beð] 洗澡		bath [bæθ] 洗澡
clothe [kloð] 穿衣		cloth [klɔθ] 布
breathe [brið] 呼吸		breath [brɛθ] 呼吸
this [ðɪs] 這個		think [θɪŋk] 想
though [ðo] 雖然		through [θru] 經過
these [ðiz] 這些		three [θri] 三
those [ðoz] 那些		third [θɝd] 第三

D. Sentence Practice

1. Birds of a feather flock together.
2. The weather is getting cooler and cooler.
3. Children will get together on Mother's Day.
4. Though Bob was young, he was thoughtful.

E. Reading/Singing

Annabel Lee — by Edgar Allan Poe

It was many and many a year ago,
In a kingdom by the sea,
That a maiden there lived whom you may know
By the name of Annabel Lee; —
And this maiden she lived with no other thought
Than to love and be loved by me.

F. Exercise: 選出畫線部份發音相同的字

_____ 1.   1)thick   2)third   3)there   4)thief

_____ 2.   1)other   2)them   3)mother   4)throw

_____ 3.   1)father   2)clothe   3)cloth   4)those

_____ 4.   1)three   2)through   3)month   4)this

_____ 5.   1)southern   2)death   3)earth   4)north

_____ 6.   1)method   2)father   3)together   4)that

Ans: 1.(124)   2.(123)   3.(124)   4.(123)
    5.(234)   6.(234)

Do You Know?

"the" 的讀法

"the" 有二種讀音：

1. [ðə]：後面的字以子音起頭時，讀 [ðə]。
   e.g.
   the boy [ðə bɔɪ]（男孩）
   the dog [ðə dɔg]（狗）
   the book [ðə bʊk]（書）

2. [ðɪ]：後面的字以母音起頭時，讀 [ðɪ]。
   e.g.
   the arm [ðɪ ɑrm] 手臂
   the end [ðɪ ɛnd] 結束
   the ox [ðɪ aks] 公牛

Lesson 32
[s]

A. Pronouncing Skills

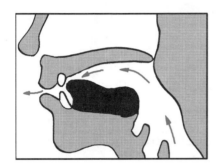

發音部位	上牙齦與舌端
發音種類	摩擦音
聲音氣息	有氣無聲
發音要訣	將舌尖靠近上齒齦，用力將氣流從中間送出。 say [se] miss [mɪs]
如國語注音	ㄙ

B. Pronunciation
1. Front 字首
1.1

so [so] 所以

see [si] 看

saw [sɔ] 看

six [sɪks] 六

sea [si] 海

sky [skaɪ] 天空

shy [ʃaɪ] 害羞

say [se] 說

sick [sɪk] 生病的

seek [sik] 尋找

star [stɑr] 星星

stay [ste] 停留

sister [ˈsɪstɚ] 姊妹

1.2   **sc, ps, sw**

science [ˈsaɪəns] 科學

scissors [ˈsɪzɚz] 剪刀

scenery [ˈsinərɪ] 風景

psychology [saɪˈkɑlədʒɪ] 心理學

sword [sɔrd] 劍

2. **Between** 字中

ask [æsk] 問

best [bɛst] 最好的

past [pæst] 經過

nest [nɛst] 鳥巢

cost [kɔst] 成本；費用

3. **End** 字尾

3.1

case [kes] 案件

loss [lɔs] 損失

pass [pæs] 通過

false [fɔls] 錯的

miss [mɪs] 錯過

dress [drɛs] 衣服

3.2   **-x**

mix [mɪks] 混合

six [sɪks] 六

sex [sɛks] 性

3.3   **-ce**

rice [raɪs] 米

face [fes] 臉

ice [aɪs] 冰

nice [naɪs] 好的

race [res] 人種

dance [dæns] 跳舞

fence [fɛns] 籬笆

office [ˈɔfɪs] 辦公室

chance [tʃæns] 機會

pence [pɛns] 辨士

since [sɪns] 自從

police [pəˈlis] 警察

palace [ˈpælɪs] 王宮

C. Contrasting Pairs

[s]	and	[θ]
six [sɪks] 六		sixth [sɪkθ] 第六
face [fes] 臉		faith [feθ] 信心
sank [sæŋk] 下沉（過去式）		thank [θæŋk] 感謝
sick [sɪk] 生病的		thick [θɪk] 厚的
sink [sɪŋk] 下沉		think [θɪŋk] 想
sing [sɪŋ] 唱		thing [θɪŋ] 東西
mouse [maʊs] 老鼠		mouth [maʊθ] 嘴
sought [sɔt] 尋找		thought [θɔt] 思想

D. Sentence Practice

1. I saw my sick niece catching a false thief.
2. In a race the police had a chance to win a pence.
3. The price will be raised in a couple of weeks.
4. The sister jumped over the fence and won the race.

E. Reading/Singing

Oh, Susanna!

I came from Alabama with a banjo on my knees.

I'm going to Louisiana, my true love for to see.

Oh, Susanna, oh, don't you cry for me.

I've come from Alabama with a banjo on my knee.

F. Exercise: 選出畫線部份發音相同的字

_____ 1.　　1)<u>s</u>ix　　2)i<u>s</u>　　3)<u>s</u>tay　　4)<u>s</u>ick

_____ 2.　　1)wa<u>s</u>　　2)dog<u>s</u>　　3)come<u>s</u>　　4)say<u>s</u>

_____ 3.　　1)ha<u>s</u>　　2)the<u>s</u>e　　3)lo<u>s</u>e　　4)new<u>s</u>

_____ 4.　　1)wi<u>s</u>e　　2)rai<u>s</u>e　　3)cou<u>s</u>in　　4)ea<u>s</u>y

_____ 5.　　1)e<u>x</u>cept　　2)e<u>x</u>cess　　3)ta<u>x</u>　　4) a<u>x</u>

_____ 6.　　1)<u>s</u>ucceed　　2)Augu<u>s</u>t　　3)wa<u>s</u>　　4)fa<u>c</u>e

_____ 7.　　1)e<u>x</u>ercise　　2)e<u>x</u>ist　　3)e<u>x</u>act　　4)e<u>x</u>ample

Ans:　1.(134)　　2.(1234)　　3.(1234)　　4.(1234)

　　　5.(1234)　　6.(124)　　7.(234)

Lesson 33

[z]

A. Pronouncing Skills

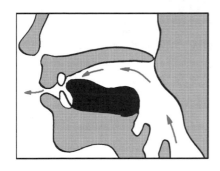

發音部位	上牙齦與舌端
發音種類	摩擦音
聲音氣息	有氣有聲
發音要訣	將舌尖靠近上齒齦，用力將聲音從中間送出。 zoo [zu] his [hɪz]
如國語注音	ㄖ

B. Pronunciation

1. Front 字首

zoo [zu] 動物園
zero [ˋzɪro] 零

zebra [ˋzibrə] 斑馬

2. Between 字中

music [ˋmjuzɪk] 音樂
reason [ˋrizn̩] 理由
prison [ˋprɪzn̩] 監牢
Tuesday [ˋtjuzdɪ] 星期二

Wednesday [ˋwɛnzdɪ] 星期三
Thursday [ˋθɝzdɪ] 星期四
business [ˋbɪznɪs] 商業
busy [ˋbɪzɪ] 忙的

cousin [ˈkʌzn̩] 表兄弟姊妹
husband [ˈhʌzbənd] 丈夫
result [rɪˈzʌlt] 結果
easy [ˈizɪ] 容易的

physics [ˈfɪzɪks] 物理學
president [ˈprɛzədənt] 總統
thousand [ˈθaʊzənd] 千

3. End 字尾 (end in "s", "se")

is [ɪz] 是
was [wɑz] 是
has [hæz] 有
Mrs. [ˈmɪsɪz] …夫人
those [ðoz] 那些
lose [luz] 失去
use [juz] 使用
nose [noz] 鼻子
advise [ədˈvaɪz] 忠告；通知
choose [tʃuz] 選擇

news [njuz] 新聞
because [bɪˈkɔz] 因為
refuse [rɪˈfjuz] 拒絕
sometimes [ˈsʌmˌtaɪmz] 有時
praise [prez] 稱讚
wise [waɪz] 聰明的
close [kloz] 關
raise [rez] 舉起
surprise [səˈpraɪz] 驚訝

C. Contrasting Pairs

[z]	and	[s]
eyes [aɪz] 眼睛		ice [aɪs] 冰
raise [rez] 舉起		race [res] 人種
prize [praɪz] 獎品		price [praɪs] 價格
knees [niz] 膝		niece [nis] 姪女
sins [sɪnz] 罪惡		since [sɪns] 自從

D. Sentence Practice

1. My cousin went to the zoo and had a close look at animals.

2. Diana caught ten mice and chose six to let them go.

3. The president's praise surprised me greatly.

4. Thousands of people raised their hands to vote for him.

E. Reading/Singing

Where Have All the Flowers Gone?

Where have all the flowers gone?

Long time passing.

Where have all the flowers gone?

Long time ago.

F. Exercise: 選出畫線部份發音相同的字

_____ 1.　　1)e<u>x</u>ample　　2)e<u>x</u>act　　3)e<u>x</u>ist　　4)e<u>x</u>amination

_____ 2.　　1)Thur<u>s</u>day　　2)Wedne<u>s</u>day　　3)bu<u>s</u>y　　4)sea<u>s</u>on

_____ 3.　　1)stamp<u>s</u>　　2)book<u>s</u>　　3)word<u>s</u>　　4)laugh<u>s</u>

_____ 4.　　1)brother<u>s</u>　　2)camel<u>s</u>　　3)king<u>s</u>　　4)key<u>s</u>

_____ 5.　　1)dress<u>es</u>　　2)brush<u>es</u>　　3)match<u>es</u>　　4)pass<u>es</u>

_____ 6.　　1)mi<u>ce</u>　　2)rea<u>s</u>on　　3)sea<u>s</u>on　　4)<u>c</u>otton

Ans:　1.(1234)　　2.(1234)　　3.(124)　　4.(1234)

　　　5.(1234)　　6.(23)

Do You Know?

字尾加"s"或"es"的讀法

名詞或動詞末尾加"s"或"es"有兩種讀法：一種讀[s]，一種讀 [z]。

a. 名詞或動詞末尾如果是無聲音，如[p]，[t]，[k]，[f]，[θ]，"s"仍 讀[s]：

stamps [stæmps] 郵票   books [bʊks] 書

soaps [sops] 肥皂   helps [hɛlps] 幫助

b. 名詞或動詞末尾如果是有聲音，如[b]，[d]，[g]，[v]， [ð]，[n]，[ŋ]，[m]，[dʒ]，[r]，[l]，[w]，[j]，"s"須讀 [z]：

dogs [dɔgz] 狗   boys [bɔɪz] 男孩

falls [fɔlz] 落下   kings [kɪŋz] 國王

c. 名詞或動詞末尾是 s, z, sh, ch, 須加"es"而不是"s"。此"es"須 讀[ɪz]的音：

dresses [ˈdrɛsɪz] 衣服   washes [ˈwaʃɪz] 洗

bushes [ˈbʊʃɪz] 樹叢   catches [ˈkætʃɪz] 捕捉

[s]	[z]	[ɪz]
works 工作 [wɝks]	words 字 [wɝdz]	washes 洗 [ˈwaʃɪz]
stops 停 [staps]	stories 故事 [ˈstɔrɪz]	passes 經過 [ˈpæsɪz]
shops 商店 [ʃaps]	machines 機器 [məˈʃinz]	matches 火柴 [ˈmætʃɪz]

Lesson 34
[ʃ]

A. Pronouncing Skills

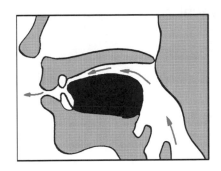

發音部位	硬顎與牙齦
發音種類	摩擦音
聲音氣息	有氣無聲
發音要訣	將舌面靠近上顎，嘴唇要圓且突出，用力將氣流送出。 sheep [ʃip] fish [fɪʃ]
如國語注音	ㄒ（近）

B. Pronunciation

1. Front 字首
1.1   sh-

she [ʃi] 她
ship [ʃɪp] 船
shine [ʃaɪn] 照耀
shirt [ʃɝt] 襯衫
shake [ʃek] 搖
shoe [ʃu] 鞋

shop [ʃɑp] 商店
show [ʃo] 表演
short [ʃɔrt] 短的
should [ʃud] 應該；將要
sheep [ʃip] 綿羊

1.2   s-

sure [ʃur] 確信的   sugar [ˈʃugɚ] 糖

2. Between 字中
2.1   -s-

Asia [ˈeʃə] 亞洲   Russia [ˈrʌʃə] 俄羅斯

2.2   -tion

action [ˈækʃən] 行動   station [ˈsteʃən] 車站
auction [ˈɔkʃən] 拍賣   vacation [vəˈkeʃən] 假期
nation [ˈneʃən] 國家

2.3   -ch-, -ce-

machine [məˈʃin] 機器   ocean [ˈoʃən] 海洋

3. End 字尾

dish [dɪʃ] 碟子   cash [kæʃ] 現金
fish [fɪʃ] 魚   brush [brʌʃ] 刷子
push [puʃ] 推   finish [ˈfɪnɪʃ] 完成
wash [wɑʃ] 洗   foolish [ˈfulɪʃ] 愚笨的
wish [wɪʃ] 希望

C. Contrasting Pairs

[ʃ]	**and**	[s]
show [ʃo] 表演		so [so] 所以
shave [ʃev] 刮		save [sev] 救；存
shake [ʃek] 搖		sake [sek] 目的

shame [ʃem] 羞恥	same [sem] 一樣的
she [ʃi] 她	sea [si] 海
shell [ʃɛl] 貝殼	sell [sɛl] 賣
shine [ʃaɪn] 照耀	sign [saɪn] 簽名
shoe [ʃu] 鞋子	sue [su] 控告

D. Sentence Practice

1. I bought shoes and shirts at the same store.
2. My shoes shine, but my shirts are short.
3. The fisherman sells sea shells at the seashore.
4. The seaman sails the ship to catch more fish.

E. Reading/Singing

Michael, Row the Boat Ashore

Michael, row the boat ashore, Halleluiah,

Michael, row the boat ashore, Halleluiah.

F. Exercise: 選出畫線部份發音相同的字

_____ 1. 1)sugar   2)machine   3)check   4)shoe

_____ 2. 1)sure   2)sugar   3)Asia   4)Russia

_____ 3. 1)action   2)question   3)nation   4)station

_____ 4. 1)thin   2)thank   3)throat   4)mouth

_____ 5. 1)does   2)sugar   3)action   4)ocean

Ans: 1.(124)   2.(1234)   3.(134)   4.(1234)

5.(234)

Lesson 35

[3]

A. Pronouncing Skills

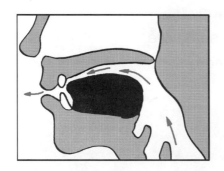

發音部位	硬顎與牙齦
發音種類	摩擦音
聲音氣息	有氣有聲
發音要訣	將舌面靠近上顎，嘴唇要圓且突出，用力將聲音發出。 vision [ˈvɪʒən] usual [ˈjuʒuəl]
如國語注音	ㄧ（近）

B. Pronunciation
皆為 **Between** 字中

1. -s-

usual [ˈjuʒuəl] 普通的　　　　measure [ˈmɛʒɚ] 測量；尺寸
leisure [ˈliʒɚ] 空閒　　　　　treasure [ˈtrɛʒɚ] 寶藏，財寶
pleasure [ˈplɛʒɚ] 愉快

2. -sion

decision [dɪˈsɪʒən] 決定　　　　occasion [əˈkeʒən] 場合

C. Contrasting Pairs

[ʒ]	and	[ʃ]
occasion [əˈkeʒən] 場合 decision [dɪˈsɪʒən] 決定		vacation [vəˈkeʃən] 假期 decoration [ˌdɛkəˈreʃən] 裝飾

D. Sentence Practice

1. It's my pleasure to help you at your leisure.
2. They are looking for buried treasure.
3. An inch is a measure of length.
4. It is usual for him to take a walk at leisure.

E. Reading/Singing

Bingo

There was a farmer who had a dog.

And Bingo was his name.

B-I-N-G-O

B-I-N-G-O

And Bingo was his name.

F. Exercise: 選出畫線部份發音相同的字

_____ 1.　1)usual　2)leisure　3)pleasure　4)measure

_____ 2.　1)soldier　2)bridge　3)adjective　4)leg

_____3. 1)ga<u>th</u>er 2)<u>th</u>us 3)smoo<u>th</u> 4)bir<u>th</u>
_____4. 1)<u>s</u>ure 2)mea<u>s</u>ure 3)u<u>s</u>ual 4)lei<u>s</u>ure
_____5. 1)mea<u>s</u>ure 2)bru<u>sh</u> 3)plea<u>s</u>ure 4)lei<u>s</u>ure

Ans: 1.(1234) 2.(123) 3.(123) 4.(234)
      5.(134)

Lesson 36
[h]

A. Pronouncing Skills

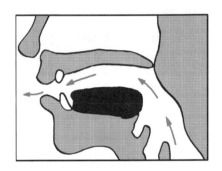

發音部位	聲門
發音種類	摩擦音
聲音氣息	有氣無聲
發音要訣	將氣流從喉嚨底部送出。通常置於母音之前。屬無聲子音。 hat [hæt] hen [hɛn]
如國語注音	ㄏ

B. Pronunciation
1. Front 字首

he [hi] 他　　　　　　　　hot [hɑt] 熱的
her [hɝ] 她的　　　　　　 help [hɛlp] 幫助
him [hɪm] 他　　　　　　　high [haɪ] 高的
has [hæz] 有

2. Between 字中

behind [bɪˋhaɪnd] 在⋯之後　　behave [bɪˋhev] 舉動
ahead [əˋhɛd] 在⋯之前　　　　perhaps [pɚˋhæps] 或許

C. Contrasting Pairs

[h]	and	[f]
hit [hɪt] 打		fit [fɪt] 適合
hat [hæt] 帽子		fat [fæt] 肥胖的
hate [het] 恨		fate [fet] 命運
hall [hɔl] 大廳		fall [fɔl] 落下
hill [hɪl] 小山		fill [fɪl] 填滿
hail [hel] 歡呼		fail [fel] 失敗
harm [hɑrm] 傷害		farm [fɑrm] 農場
hair [hɛr] 頭髮		fair [fɛr] 公平的

D. Sentence Practice

1. He helps her with her homework.
2. He hates to go up the hill on a hot day.
3. His hat is perhaps left in the hall.
4. The highwayman hit him from behind and robbed him of his money.

E. Reading/Singing

Adam Had Seven Sons

Adam had seven sons, seven sons,
And seven sons had Adam.
And all the sons were happy and glad.
And they all did as Adam bade.
Do this, do this, do this, do this, do this.

F. Exercise: 選出畫線部份發音相同的字

_____ 1.   1)hour   2)honest   3)forehead   4)half

_____ 2.   1)honor   2)horse   3)house   4)hut

_____ 3.   1)heal<u>th</u>   2)mou<u>th</u>   3)no<u>th</u>ing   4)you<u>th</u>

_____ 4.   1)<u>th</u>an   2)<u>th</u>is   3)<u>th</u>en   4)weal<u>th</u>

_____ 5.   1)<u>th</u>ief   2)wi<u>th</u>out   3)<u>th</u>umb   4)fai<u>th</u>

_____ 6.   1)<u>h</u>arm   2)per<u>h</u>aps   3)<u>h</u>onest   4)<u>h</u>as

Ans: 1.(123)   2.(234)   3.(1234)   4.(123)

   5.(134)   6.(124)

Lesson 37

[tʃ]

A. Pronouncing Skills

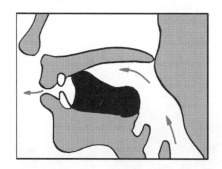

發音部位	硬顎與牙齦
發音種類	摩擦音
聲音氣息	有氣無聲
發音要訣	[t] + [ʃ] check [tʃɛk] pitch [pɪtʃ]
如國語注音	·くㄩ

B. Pronunciation

1. Front 字首

child [tʃaɪld] 小孩   chain [tʃen] 鏈子

chair [tʃɛr] 椅子   change [tʃendʒ] 改變

cheat [tʃit] 欺騙   cheap [tʃip] 便宜的

chance [tʃæns] 機會   chew [tʃu] 咀嚼

church [tʃɝtʃ] 教堂   choke [tʃok] 窒息

2. **Between** 字中
2.1 **-tu-**

nature [ˈnetʃɚ] 自然
future [ˈfjutʃɚ] 未來
picture [ˈpɪktʃɚ] 圖畫
natural [ˈnætʃərəl] 自然的

century [ˈsɛntʃərɪ] 世紀
creature [ˈkritʃɚ] 生物
punctual [ˈpʌŋktʃuəl] 準時的
virtue [ˈvɝtʃu] 美德

2.2 **-tion**

question [ˈkwɛstʃən] 問題

suggestion [səˈdʒɛstʃən] 建議

2.3 **-ch-**

teacher [ˈtitʃɚ] 老師
merchant [ˈmɝtʃənt] 商人

butcher [ˈbutʃɚ] 屠夫

3. **End** 字尾

arch [artʃ] 拱門
rich [rɪtʃ] 富有的
much [mʌtʃ] 許多
such [sʌtʃ] 如此
reach [ritʃ] 抵達
beach [bitʃ] 海灘

catch [kætʃ] 捕捉
match [mætʃ] 符合
watch [watʃ] 注視
ditch [dɪtʃ] 水溝
fitch [fɪtʃ] 臭貓
witch [wɪtʃ] 巫婆

C. Contrasting Pairs

[tʃ]	and	[ʃ]
arch [artʃ] 拱門		ash [æʃ] 灰塵
butcher [ˈbutʃɚ] 屠夫		bush [buʃ] 樹叢
ditch [dɪtʃ] 水溝		dish [dɪʃ] 碟子

fitch [fɪtʃ] 臭貓   fish [fɪʃ] 魚
witch [wɪtʃ] 巫婆   wish [wɪʃ] 希望
question [ˋkwɛstʃən] 問題   action [ˋækʃən] 行動

suggestion [səˋdʒɛstʃən] 建議   station [ˋsteʃən] 車站

D. Sentence Practice

1. The butcher's child is sitting on a chair.
2. We go to the beach to watch the tennis match.
3. Whether the station will be built is the question.
4. A rich child went to the ditch and met a witch.

E. Reading/Singing

Old MacDonald Had a Farm

Old MacDonald had a farm, e-i-e-i-o.
And on his farm he had some chicks, e-i-e-i-o.
With a chick, chick here, and a chick,
Chick there. Here a chick, there a chick.
Everywhere a chick, chick.
Old MacDonald had a farm, e-i-e-i-o.

F. Exercise: 選出畫線部份發音相同的字

_____ 1.   1)chemistry   2)stomach   3)machine   4)rich

_____ 2.   1)such   2)nature   3)nation   4)future

_____ 3.   1)question   2)virtue   3)action   4)time

_____ 4.   1)the   2)with   3)another   4)smooth
_____ 5.   1)chair   2)child   3)engine   4)nation
_____ 6.   1)watch   2)bridge   3)shall   4)picture

Ans: 1.(12)   2.(123)   3.(12)   4.(1234)
         5.(12)   6.(14)

Lesson 38
[dʒ]

A. Pronouncing Skills

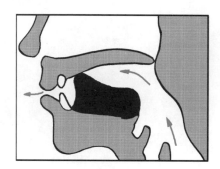

發音部位	硬顎與牙齦
發音種類	摩擦音
聲音氣息	有氣有聲
發音要訣	[d] + [ʒ] joke [dʒok] bridge [brɪdʒ]
如國語注音	˙ㄐㄩ

B. Pronunciation
1. Front 字首
1.1　j-

joy [dʒɔɪ] 快樂

jam [dʒæm] 果醬

join [dʒɔɪn] 參加

just [dʒʌst] 剛剛

joke [dʒok] 笑話

jump [dʒʌmp] 跳

Japan [dʒəˋpæn] 日本

1.2 g-

gem [dʒɛm] 寶石

germ [dʒɝm] 細菌

giant [ˋdʒaɪənt] 巨人

gender [ˋdʒɛndə] 性

gentle [ˋdʒɛntl̩] 溫和的

genius [ˋdʒinjəs] 天才

general [ˋdʒɛnərəl] 一般的

Germany [ˋdʒɝmənɪ] 德國

2. Between 字中

2.1 -g-

engine [ˋɛndʒɪn] 引擎

stranger [ˋstrendʒə] 陌生人

danger [ˋdendʒə] 危險

dangerous [ˋdendʒərəs] 危險的

pigeon [ˋpɪdʒən] 鴿子

surgeon [ˋsɝdʒən] 外科醫生

religion [rɪˋlɪdʒən] 宗教

suggest [səˋdʒɛst] 建議

2.2 -d-, -dj-

soldier [ˋsoldʒə] 兵

adjective [ˋædʒɪktɪv] 形容詞

3. End 字尾

3.1 -dge

judge [dʒʌdʒ] 法官

bridge [brɪdʒ] 橋

knowledge [ˋnalɪdʒ] 知識

3.2 -ge

age [edʒ] 年齡

cage [kedʒ] 鳥籠

page [pedʒ] 頁

sage [sedʒ] 聖人

large [lardʒ] 大的

stage [stedʒ] 舞臺

cottage [ˋkatɪdʒ] 茅屋

college [ˋkalɪdʒ] 學院

strange [strendʒ] 奇怪的

3.3 **-ch**

spinach [ˋspɪnɪdʒ] 菠菜

C. Contrasting Pairs

[dʒ]	and	[ʒ]
major [ˋmedʒɚ] 主要的		measure [ˋmɛʒɚ] 測量
ledger [ˋlɛdʒɚ] 總帳		leisure [ˋliʒɚ] 空閒
region [ˋridʒən] 地域		decision [dɪˋsɪʒən] 決定
pigeon [ˋpɪdʒən] 鴿子		occasion [əˋkeʒən] 場合

[dʒ]	and	[tʃ]
jeep [dʒip] 吉普車		cheap [tʃip] 便宜的
jest [dʒɛst] 笑話		chest [tʃɛst] 胸部
joke [dʒok] 玩笑		choke [tʃok] 窒息

D. Sentence Practice

1. The stranger is starting the engine of his jeep.
2. John is jumping gently on the bridge.
3. The German soldier is talking to the stranger.
4. The birds in the cage are going to have a show on the stage.

E. Reading/Singing

Home on the Range

Oh give me a home where the buffalos roam,
Where the deer and the antelope play,
Where seldom is heard a discouraging word,
And the skies are not cloudy all day.

F. Exercise: 選出畫線部份發音相同的字

_____1.　1)joy　2)judge　3)green　4)page
_____2.　1)jump　2)age　3)catch　4)sure
_____3.　1)gentle　2)usual　3)ocean　4)cage
_____4.　1)chew　2)joke　3)brush　4)jeep
_____5.　1)cheap　2)stranger　3)just　4)push

Ans:　1.(124)　　2.(12)　　3.(14)　　4.(24)
　　　　5.(23)

Lesson 39

[m]

A. Pronouncing Skills

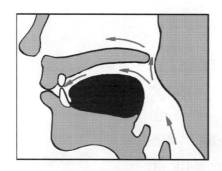

發音部位	雙唇
發音種類	鼻音
聲音氣息	有氣有聲
發音要訣	雙唇緊閉，將聲音往鼻子傳送。出現在單字末尾時，將嘴唇緊閉即可。 my [maɪ] him [hɪm]
如國語注音	・ㄇ（前）；ㄇㄨ（後）

B. Pronunciation

1. Front 字首

my [maɪ] 我的

map [mæp] 地圖

man [mæn] 男人

mob [mɑb] 暴民

make [mek] 做

made [med] 做

mean [min] 意思

moon [mun] 月亮

money [ˈmʌnɪ] 錢

monkey [ˈmʌŋkɪ] 猴子

2. **Between** 字中

small [smɔl] 小的

summer [ˋsʌmɚ] 夏天

grammar [ˋgræmɚ] 文法

climb [klaɪm] 爬

lamp [læmp] 燈

woman [ˋwʊmən] 女人

simple [ˋsɪmpl̩] 簡單的

3. **End** 字尾

him [hɪm] 他

time [taɪm] 時間

come [kʌm] 來

some [sʌm] 一些

calm [kɑm] 靜的

palm [pɑm] 手掌

autumn [ˋɔtəm] 秋天

C. Contrasting Pairs

[m]	and	[n]
man [mæn] 男人		name [nem] 名字
map [mæp] 地圖		nap [næp] 小睡
mob [mɑb] 暴民		nob [nɑb] 大人物
my [maɪ] 我的		nine [naɪn] 九
meet [mit] 遇到		need [nid] 需要

D. Sentence Practice

1. My money is stolen by the monkey.
2. We climbed up the hill on a calm autumn night.
3. The woman met her grammar teacher in the summer.
4. The map shows there is treasure in the mountains.

E. Reading/Singing

Mary Had a Little Lamb

Mary had a little lamb, little lamb,
Little lamb, Mary had a little lamb,
Its fleece was white as snow.

F. Exercise: 選出畫線部份發音相同的字

_____ 1.　1)much　2)sword　3)mice　4)me

_____ 2.　1)island　2)case　3)loss　4)lose

_____ 3.　1)man　2)lamp　3)monkey　4)come

_____ 4.　1)climb　2)dumb　3)some　4)none

_____ 5.　1)woman　2)sink　3)time　4)small

Ans: 1.(134)　　2.(23)　　3.(1234)　4.(123)

　　　5.(134)

Lesson 40
[n]

A. Pronouncing Skills

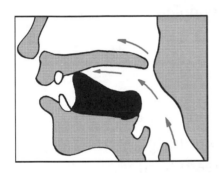

發音部位	牙齦
發音種類	鼻音
聲音氣息	有氣有聲
發音要訣	嘴巴微張，舌尖緊緊抵住上齒齦，將聲音往鼻子傳送。 night [naɪt] pin [pɪn]
如國語注音	ㄋ（前）；ㄣ（後）

B. Pronunciation

1. Front 字首

1.1   n-

no [no] 不　　　　　　noon [nun] 正午
new [nju] 新的　　　　noun [naʊn] 名詞
now [naʊ] 現在　　　　news [njuz] 新聞
need [nid] 需要　　　　night [naɪt] 晚上

1.2　kn-

know [no] 知道　　　　　　　knit [nɪt] 編織
knee [ni] 膝　　　　　　　　　knock [nɑk] 敲
knife [naɪf] 刀子　　　　　　　knight [naɪt] 騎士

2. Between 字中

hand [hænd] 手　　　　　　　wine [waɪn] 葡萄酒
find [faɪnd] 發現　　　　　　　wind [wɪnd] 風
tend [tɛnd] 傾向　　　　　　　blind [blaɪnd] 盲的
tent [tɛnt] 帳篷　　　　　　　cunning [ˋkʌnɪŋ] 狡猾的

3. End 字尾
3.1　-n

in [ɪn] 在…之內　　　　　　　neon [ˋniɑn] 氖
ten [tɛn] 十　　　　　　　　　soon [sun] 不久
dine [daɪn] 用餐　　　　　　　learn [lɝn] 學習
line [laɪn] 線　　　　　　　　seven [ˋsɛvn̩] 七
nine [naɪn] 九

3.2　-gn

sign [saɪn] 簽名　　　　　　　design [dɪˋzaɪn] 設計
assign [əˋsaɪn] 指定

C. Contrasting Pairs

[n]	and	[m]
in [ɪn] 在…之內		him [hɪm] 他
dine [daɪn] 用餐		dime [daɪm] 一角

line [laɪn] 線	lime [laɪm] 石灰
nine [naɪn] 九	mine [maɪn] 我的
tin [tɪn] 錫	Tim [tɪm] 提姆（人名）
clean [klin] 清潔的	cream [krim] 奶油

D. Sentence Practice

1. We need a pen to sign the agreement.
2. The blind man handed the wine to the knight.
3. It's nine at night and we still stand in line.
4. Tim likes to dine with Amy on a starry night.

E. Reading/Singing

Clementine

Oh, my darling, oh my darling,
Oh, my darling, Clementine!
You are lost and gone forever,
Dreadful sorry, Clementine.

F. Exercise: 選出畫線部份發音相同的字

_____ 1.　1)si__n__k　2)fi__n__ger　3)ra__n__k　4)ki__ng__

_____ 2.　1)autum__n__　2)gover__n__ment　3)ho__n__or　4)ba__n__k

_____ 3.　1)ba__n__　2)ma__n__y　3)a__n__kle　4)a__n__y

_____ 4.　1)ha__nd__　2)seve__n__　3)a__n__gle　4)fi__nd__

_____ 5.　1)si__ng__　2)bli__nd__　3)di__n__e　4)__n__ight

Ans: 1.(1234)　2.(12)　　3.(124)　　4.(124)　　5.(234)

Lesson 41

[ŋ]

A. Pronouncing Skills

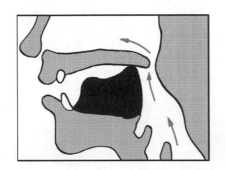

發音部位	軟顎
發音種類	鼻音
聲音氣息	有氣有聲
發音要訣	與[g]一樣，舌根頂在上顎，將聲音往鼻子傳送。[ŋ]只出現在音節的末尾。 king [kɪŋ] singing ['sɪŋɪŋ]
如國語注音	ㄥ

B. Pronunciation
1. ng

ring [rɪŋ] 戒指　　　　　　meeting ['mitɪŋ] 會議

sing [sɪŋ] 唱　　　　　　looking ['lukɪŋ] 看

long [lɔŋ] 長的　　　　　anger ['æŋgɚ] 生氣

king [kɪŋ] 國王　　　　　English ['ɪŋglɪʃ] 英語

sling [slɪŋ] 拋擲　　　　　finger ['fɪŋgɚ] 手指

bring [brɪŋ] 帶　　　　　hunger ['hʌŋgɚ] 餓

young [jʌŋ] 年輕的　　　congress ['kaŋgrəs] 國會

strong [strɔŋ] 強壯的

2. nk

ink [ɪŋk] 墨水   drink [drɪŋk] 喝
sink [sɪŋk] 下沉   think [θɪŋk] 想
pink [pɪŋk] 粉紅色   thank [θæŋk] 感謝
bank [bæŋk] 銀行   donkey [ˋdɑŋkɪ] 驢子
ankle [ˋæŋkl̩] 足踝   monkey [ˋmʌŋkɪ] 猴子

3. -nx-

anxious [ˋæŋkʃəs] 焦急的

4. nd, ngue

handkerchief [ˋhæŋkɚtʃɪf] 手   tongue [tʌŋ] 舌
帕

5. Exceptions 例外

◎ g-[dʒ]

一般 ng 多發[ŋ]的音，但其中的"g"如果發[dʒ]的音時，"n"的
發音仍是[n]，而非[ŋ]。

stranger [ˋstrendʒɚ] 陌生人   angel [ˋendʒəl] 天使

C. Contrasting Pairs

[ŋ]	and	[n]
king [kɪŋ] 國王		kin [kɪn] 親族
sing [sɪŋ] 唱		sin [sɪn] 罪惡
thing [θɪŋ] 事情		thin [θɪn] 薄的

D. Sentence Practice

1. The king likes to sing a song on a sling.
2. The donkey drinks water and starts to sink.
3. The thin angel brings us an anxious stranger.
4. The monkey picks up the pink handkerchief.

E. Reading/Singing

Give Me a Song to Sing

I don't wish for lots of money,
Or for fame that never ends.
All I want is bread and honey,
And some good and faithful friends.
Oh, give me a song to sing.
Oh, give me a song to sing.
Oh, give me a song to sing.
And I'll be happy as a king.

F. Exercise: 選出畫線部份發音相同的字

_____ 1. 1)ha<u>n</u>dsome 2)ha<u>ng</u> 3)a<u>n</u>kle 4)si<u>ng</u>
_____ 2. 1)wi<u>n</u>d 2)dri<u>n</u>k 3)ki<u>ng</u> 4)thi<u>n</u>k
_____ 3. 1)i<u>n</u>k 2)bri<u>ng</u> 3)lo<u>ng</u> 4)su<u>ng</u>
_____ 4. 1)ru<u>ng</u> 2)bri<u>ng</u> 3)bee<u>n</u> 4)thi<u>ng</u>
_____ 5. 1)a<u>n</u>ger 2)lo<u>ng</u> 3)si<u>ng</u> 4)fi<u>n</u>d

Ans: 1.(234)　2.(234)　3.(1234)　4.(124)
5.(123)

Lesson 42
[r]

A. Pronouncing Skills

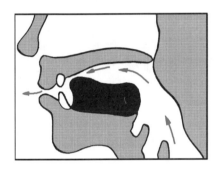

發音部位	後牙齦
發音種類	半母音
聲音氣息	有氣有聲
發音要訣	舌尖靠近上齒齦並向內捲，從其間發出聲音。此音屬於有聲子音。通常沒有摩擦，且不振動。母音緊接於後。 rat [ræt] round [raʊnd]
如國語注音	ㄖ（前）；ㄦ（後）

B. Pronunciation
1. Front 字首
1.1　r-

red [rɛd] 紅色

rat [ræt] 鼠

road [rod] 路

right [raɪt] 正確的

river [ˈrɪvɚ] 河流

reach [ritʃ] 到達

round [raʊnd] 圓的

1.2　wr-

write [raɪt] 寫
wrote [rot] 寫（過去式）

wrong [rɑŋ] 錯的

2. Between 字中

sorry [ˋsɔrɪ] 抱歉
arrive [əˋraɪv] 到達
bright [braɪt] 光亮的
free [fri] 自由的

three [θri] 三
party [ˋpɑrtɪ] 宴會
tomorrow [təˋmɔro] 明天

3. End 字尾

car [kɑr] 車
bear [bɛr] 熊
dear [dɪr] 親愛的
deer [dɪr] 鹿

hear [hɪr] 聽
near [nɪr] 靠近
wear [wɛr] 穿
star [stɑr] 星星

C. Contrasting Pairs

[r]	and	[n]
room [rum] 房間		noon [nun] 正午
row [ro] 划（船）		no [no] 不
ray [re] 光線		nay [ne] 不
rear [rɪr] 後面		near [nɪr] 靠近
rock [rɑk] 岩石		knock [nɑk] 敲

D. Sentence Practice

1. The bear reaches the rear of the park.
2. The deer is arriving at the river.

3. King Lear is writing near the right side of the rock.

4. Robert is wearing a shirt with bright stars.

E. Reading/Singing

It's a Small World

It's a world of laughter,
A world of tears.
It's a world of hopes and
A world of fears.
There's so much that we share,
That it's time we're aware,
It's a small world after all.

F. Exercise: 選出畫線部份發音相同的字

_____ 1.   1)need   2)bear   3)party   4)reach

_____ 2.   1)dear   2)three   3)near   4)not

_____ 3.   1)round   2)bear   3)flow   4)fear

_____ 4.   1)pear   2)beer   3)think   4)king

_____ 5.   1)soft   2)two   3)free   4)three

Ans: 1.(234)   2.(123)   3.(124)   4.(12)
      5.(34)

Lesson 43
[1]

A. Pronouncing Skills

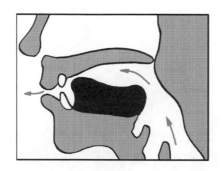

發音部位	牙齦
發音種類	邊音
聲音氣息	有氣有聲
發音要訣	舌尖頂住上齒齦，舌頭不須用力，然後將聲音發出。出現於字尾時，將舌頭後段向軟顎升高，便能發出正確漂亮的音。 light [laɪt] bell [bɛl]
如國語注音	ㄌ（前）；ㄜ（後）

B. Pronunciation
1. Front 字首

let [lɛt] 讓

lid [lɪd] 蓋子

leg [lɛg] 腿

life [laɪf] 生活

lift [lɪft] 舉起

left [lɛft] 離開

like [laɪk] 喜歡

long [lɔŋ] 長的

lamb [læm] 小羊

locker [ˈlakɚ] 櫥櫃

2. **Between** 字中

fly [flaɪ] 飛
blow [blo] 吹
flat [flæt] 平的

play [ple] 玩
style [staɪl] 樣式
supply [sə'plaɪ] 供應

3. **End** 字尾

all [ɔl] 全部
ball [bɔl] 球
call [kɔl] 叫
tall [tɔl] 高的
cell [sɛl] 細胞
tell [tɛl] 告訴

well [wɛl] 好地
bill [bɪl] 帳單
hill [hɪl] 小山
till [tɪl] 直到
will [wɪl] 將要
little ['lɪtl] 小的

C. Contrasting Pairs

[l] and	[r]
late [let] 遲的	rate [ret] 比率
fly [flaɪ] 飛	fry [fraɪ] 煎；炸
play [ple] 玩	pray [pre] 祈禱
low [lo] 低的	row [ro] 划（船）
lace [les] 花邊	race [res] 賽跑
lane [len] 小巷	rain [ren] 下雨
light [laɪt] 光線	right [raɪt] 對的
bland [blænd] 溫柔的	brand [brænd] 品牌

[l]	and	[d]
lay [le] 放置		day [de] 日
lid [lɪd] 蓋		did [dɪd] 做
lie [laɪ] 躺		die [daɪ] 死
lame [lem] 跛的		dame [dem] 女士
late [let] 遲的		date [det] 日期
like [laɪk] 喜歡		dike [daɪk] 堤防
luck [lʌk] 幸運		duck [dʌk] 鴨子

[l]	and	[n]
let [lɛt] 讓		net [nɛt] 網
lot [lɑt] 很多		not [nɑt] 不
lead [lid] 領導		need [nid] 需要
lest [lɛst] 以免		nest [nɛst] 巢
light [laɪt] 光線		night [naɪt] 晚上
life [laɪf] 生命		knife [naɪf] 刀子
lice [laɪs] 蝨子		nice [naɪs] 美好的

D. Sentence Practice

1. All the balls are put in the long lockers.
2. The tall players are lifting weight.
3. The lights are still bright even late at night.
4. The little lamb is walking down the hill.

E. Reading/Singing

Plum Blossom

Plum blossom, plum blossom,

Blooming everywhere.

When cold it blooms the more.

Plum blossom ever strong and steadfast,

Just like our great Chung Hua.

F. Exercise: 選出畫線部份發音相同的字

_____ 1.   1)w<u>a</u>lk   2)cha<u>l</u>k   3)fl<u>at</u>   4)ta<u>l</u>k

_____ 2.   1)a<u>l</u>ms   2)coul<u>d</u>   3)shoul<u>d</u>   4)woul<u>d</u>

_____ 3.   1)<u>l</u>eg   2)<u>l</u>ike   3)<u>r</u>ing   4)cal<u>l</u>

_____ 4.   1)a<u>t</u>   2)<u>l</u>ay   3)<u>d</u>ie   4)<u>l</u>ate

_____ 5.   1)f<u>l</u>y   2)f<u>r</u>y   3)<u>l</u>ife   4)<u>n</u>est

Ans: 1.(124)   2.(1234) 3.(124)   4.(24)

    5.(13)

Lesson 44
[j]

A. Pronouncing Skills

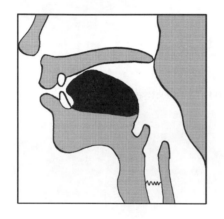

發音部位	硬顎
發音種類	半母音
聲音氣息	有氣有聲
發音要訣	將發母音 [i] 時的舌頭抬高到幾乎接觸上顎的地方，將聲音發出。此音屬有聲子音。 young [jʌŋ] yes [jɛs] onion [ˈʌnjən]
如國語注音	一

B. Pronunciation
1. Front 字首
1.1　y-

yes [jɛs] 是

yet [jɛt] 尚

you [ju] 你

your [jʊr] 你的

yard [jɑrd] 碼；院子

young [jʌŋ] 年輕的

youth [juθ] 年輕

yellow [ˈjɛlo] 黃色的

yesterday [ˈjɛstɚdɪ] 昨天

1.2　u-

use [juz] 使用　　　　　　　　unite [juˋnaɪt] 結合；聯合

2. Between 字中

2.1　-i-

opinion [əˋpɪnjən] 意見　　　　million [ˋmɪljən] 百萬

2.2　-u-

duty [ˋdjutɪ] 責任　　　　　　beautiful [ˋbjutəfəl] 美麗的

3. End 字尾（ end in "ew"）

few [fju] 少數的　　　　　　　new [nju] 新的
view [vju] 風景　　　　　　　　review [rɪˋvju] 溫習

C. Contrasting Pairs

[j]	and	[ɪ]
yet [jɛt] 尚		it [ɪt] 它
yes [jɛs] 是		is [ɪz] 是

D. Sentence Practice

1. Millions of young men are dancing on the street.
2. In my opinion, your report has a very good view.
3. A few soldiers are on duty in the yard.
4. Lucy bought a new beautiful shirt yesterday.

E. Reading/Singing

Yankee Doodle

Yankee Doodle went to town,
Ariding on a pony.
He stuck a feather in his hat,
And called it Macaroni.
Yankee Doodle kept it up,
Yankee Doodle Dandy,
Mind the music and the step,
And with the girls be handy.

F. Exercise: 選出畫線部份發音相同的字

_____1.　1)few　2)busy　3)future　4)sugar
_____2.　1)university　2)succeed　3)rule　4)youth
_____3.　1)yes　2)now　3)use　4)new
_____4.　1)unite　2)duty　3)tube　4)new
_____5.　1)you　2)yes　3)yet　4)net

Ans: 1.(13)　　2.(14)　　3.(34)　　4.(1234)
　　5.(123)

Lesson 45
[w]

A. Pronouncing Skills

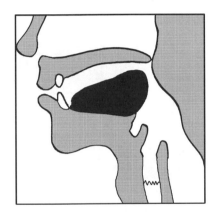

發音部位	雙唇
發音種類	半母音
聲音氣息	有氣有聲
發音要訣	嘴唇用力收縮變圓而突出，同時發出聲音。為有聲子音。 wall [wɔl] queen [kwin]
如國語注音	ㄨ

B. Pronunciation
1. Front 字首

we [wi] 我們

wish [wɪʃ] 希望

wash [waʃ] 洗

were [wɛr, wɝ] 是

want [want] 想要

wait [wet] 等候

walk [wɔk] 走；步行

wall [wɔl] 牆

wise [waɪz] 聰明的

watch [watʃ] 看；手錶

window ['wɪndo] 窗戶

welcome ['wɛlkəm] 歡迎

2. Between 字中

2.1 -w-

beware [bɪˈwɛr] 小心   swear [swɛr] 發誓

2.2 -u-

queen [kwin] 皇后   language [ˈlæŋgwɪdʒ] 語言
square [skwɛr] 正方形   distinguish [dɪsˈtɪŋgwɪʃ] 區別

C. Contrasting Pairs

[w]	and	[r]
way [we] 路		ray [re] 光線
wed [wɛd] 結婚		red [rɛd] 紅色的
wear [wɛr] 穿		rare [rɛr] 稀少的
wait [wet] 等候		rate [ret] 比率
womb [wum] 子宮		room [rum] 房間

D. Sentence Practice

1. We are watching the long ray from the window.
2. The wise queen is walking on the wide way.
3. The Long Wall stands long in Chinese history.
4. We are welcoming the distinguished guests.

E. Reading/Singing

Tree at My Window — by Robert Frost

Tree at my window, window tree,

My sash is lowered when night comes on;
But let there never be curtain drawn
Between you and me.

F. Exercise: 選出畫線部份發音相同的字

_____1.　1)q<u>u</u>ite　2)q<u>u</u>estion　3)<u>u</u>se　4)lang<u>u</u>age
_____2.　1)q<u>u</u>een　2)lang<u>u</u>age　3)s<u>qu</u>are　4)q<u>u</u>ite
_____3.　1)s<u>w</u>ord　2)ans<u>w</u>er　3)t<u>w</u>o　4)<u>w</u>atch
_____4.　1)<u>wr</u>ite　2)<u>wr</u>ong　3)<u>wr</u>ist　4)<u>w</u>ave
_____5.　1)<u>w</u>alk　2)<u>w</u>ise　3)<u>w</u>ho　4)<u>w</u>indow

Ans:　1.(124)　2.(1234)　3.(123)　4.(123)
　　　　5.(124)

Lesson 46
[hw]

A. Pronouncing Skills

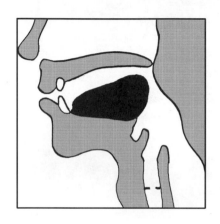

發音部位	雙唇
發音種類	半母音
聲音氣息	有氣有聲
發音要訣	雙唇微微突出成圓形，用力吹氣，發ㄏㄨㄛ之聲。 where [hwɛr] when [hwɛn]
如國語注音	·ㄏㄨㄛ

B. Pronunciation
皆為 Front 字首（**begin in "wh"**）

why [hwaɪ] 為何

when [hwɛn] 何時

what [hwɑt] 什麼

where [hwɛr] 哪裏

which [hwɪtʃ] 何者

whit [hwɪt] 一點也不

whip [hwɪp] 鞭子

C. Contrasting Pairs

[hw]	and	[w]
what [hwɑt] 什麼 where [hwɛr] 哪裏 when [hwɛn] 何時 whit [hwɪt] 一點也不		want [wɑnt] 要 woo [wu] 求婚 wane [wen] 變弱 wit [wɪt] 機智；智力

D. Sentence Practice

1. I don't know when he will come.
2. Where is the man in blue jacket from?
3. What do you say if I won't be able to join the party?
4. Who will be the next president of the country?

E. Reading/Singing

White Christmas

I'm dreaming of a white Christmas.
Just like the ones I used to know.
When the tree tops glisten
And children listen to
Hear sleigh bells in the snow.

F. Exercise: 選出畫線部份發音相同的字

_____ 1.　1)who　2)whole　3)whom　4)while
_____ 2.　1)wrestle　2)when　3)where　4)which

_____ 3.　1)<u>wh</u>en　2)<u>wh</u>at　3)<u>sw</u>ord　4)<u>wh</u>y

_____ 4.　1)<u>wh</u>at　2)<u>wh</u>o　3)<u>wh</u>ich　4)<u>wh</u>ere

_____ 5.　1)<u>wh</u>om　2)<u>wh</u>y　3)<u>wh</u>enever　4)<u>wh</u>at

Ans: 1.(123)　2.(234)　3.(124)　4.(134)
　　　5.(234)

附錄一 K.K. 音標總表

音標	字例	發音	音標	字例	發音
i	teach	[titʃ]	p	pie	[paɪ]
ɪ	sit	[sɪt]	b	by	[baɪ]
ɛ	bed	[bɛd]	t	tie	[taɪ]
æ	map	[mæp]	d	day	[de]
ɑ	pot	[pɑt]	k	keep	[kip]
ɔ	law	[lɔ]	g	gay	[ge]
ʊ	look	[lʊk]	f	fat	[fæt]
u	rule	[rul]	v	vote	[vot]
ʌ	cut	[kʌt]	θ	thick	[θɪk]
ɚ, ɝ	girl	[gɝl]	ð	this	[ðɪs]
ə	above	[əˋbʌv]	s	say	[se]
e	make	[mek]	z	zoo	[zu]
aɪ	like	[laɪk]	ʃ	sheep	[ʃip]
ɔɪ	boy	[bɔɪ]	ʒ	vision	[ˋvɪʒən]
aʊ	cow	[kaʊ]	h	hot	[hɑt]
o	note	[not]	tʃ	check	[tʃɛk]
ɪr	hear	[hɪr]	dʒ	joke	[dʒok]
ɛr	care	[kɛr]	m	my	[maɪ]
ɑr	car	[kɑr]	n	night	[naɪt]
ɔr, or	war	[wɔr]	ŋ	king	[kɪŋ]
ʊr	poor	[pʊr]	r	rat	[ræt]
			l	light	[laɪt]
			j	yes	[jɛs]
			w	wall	[wɔl]
			hw	when	[hwɛn]

附錄二　英語字母讀音法分析

A. 母　音

1. a

a 讀
- [ɛ] – many（許多）， any（任何）。
- [ɔ] – ball（球）， salt（鹽）， law（法律），
  dawn（黎明）， talk（談天）， walk（走路）。
- [ɑ] – wash（洗）， want（要）， father（父親）。
- [æ] – bank（銀行）， habit（習慣）， happy（快樂的），
  land（土地）， catch（捕捉）， lamb（小羊）。
- [e] – April（四月）， lazy（懶惰的）， navy（海軍）。
- [ə] – again（再）， accept（接受）， advice（勸告）。

◎兩個音節的字，如果重音不在"a"上，它就讀[ə]，如 above [əˈbʌv]。

2. e

e 讀
- [ɛ] – debt（債）， lesson（功課）， help（幫助）。
- [i] – he（他）， she（她）， me（我）， we（我們），
  complete（完全的）。
- [ɪ] – pretty（美麗）， English（英文）， chicken（小
  雞）， kitchen（廚房）。

3. ea

ea 讀
- [i] – cheap（便宜的）， meat（肉）。
- [e] – great（大的）， break（打破）。
- [ɛ] – dead（死的）， head（頭）， death（死）， health
  （健康）， lead（鉛）， deaf（聾的）， bread
  （麵包）， heavy（重的）， meant（意義）。

4. er

er 讀 {

[ɝ] － verb（動詞）， term（學期）， germ（細菌），
　　　　certain（一定的）， servant（僕人）。

[ɚ] － paper（紙）， letter（信）， finger（手指）。

}

◎兩個音節的字，如果重音在"er"上，則讀[ɝ]，否則讀[ɚ]，
如 certain [ˈsɝtn̩] 及 finger [ˈfɪŋgɚ]。

5. ear

ear 讀 {

[ɝ] － earth（地球）， early（早的）， learn（學習），
　　　　heard（聽）。

[ɪr] － fear（害怕）， near（近的）， hear（聽），
　　　　clear（明白的）， tear（淚）， year（年）。

[ɛr] － bear（熊）， tear（撕）， pear（梨子），
　　　　wear（穿）。

[ɑr] － heart（心）。

}

6. i

i 讀 {

[i] － police（警察）， machine（機器）。

[ɪ] － hill（小山）， ill（生病）， milk（牛奶）。

[aɪ] － fight（作戰）， ice（冰）， idle（懶惰的）。

}

7. o

o 讀 {

[ɔ] － ought（應該）， cough（咳嗽）。

[ɑ] － bomb（炸彈）， stop（停止）， knock（敲）。

[o] － boat（船）， cold（冷的）， bold（大膽的）。

[ɔr] － nor（也不）， or（或者）， for（為了），
　　　　horse（馬）， north（北方）。

[ɪ] － women（婦人）。

[u] － do（做），two（二），who（誰），whom（誰）。

}

$$
o\ 讀
\begin{cases}
[\upsilon] - \text{should（應該），wolf（狼）。} \\
[\Lambda] - \text{become（成為），love（愛），nothing（無），} \\
\qquad \text{come（來），dozen（打），Monday（星期一），} \\
\qquad \text{tongue（舌），won（贏）。} \\
[\ni] - \text{atom（原子），pilot（飛行員），today（今天），} \\
\qquad \text{freedom（自由）。}
\end{cases}
$$

◎兩個音節的字，如果重音不在"o"上，"o"就讀[ə]，如today [tə`de]。

8. oo

$$
oo\ 讀
\begin{cases}
[\mathfrak{o}] - \text{door（門），floor（地板）。} \\
[\upsilon] - \text{book（書），look（看），wood（木材），} \\
\qquad \text{wool（羊毛），foot（足），cook（廚子），} \\
\qquad \text{good（好的），hook（鉤）。} \\
[\Lambda] - \text{blood（血），flood（水災）。} \\
[\upsilon r] - \text{poor（窮的）。} \\
[u] - \text{cool（涼的），moon（月亮），tooth（牙} \\
\qquad \text{齒），zoo（動物園），school（學校），food} \\
\qquad \text{（食物），roof（屋頂），fool（愚人），foolish} \\
\qquad \text{（愚笨的），root（根），shoot（射擊），} \\
\qquad \text{choose（選擇），spoon（湯匙），goose（鵝），} \\
\qquad \text{smooth（光滑的），pool（池）。}
\end{cases}
$$

9. u

$$
u\ 讀
\begin{cases}
[\Lambda] - \text{bus（公共汽車），gun（槍），just（剛才）。} \\
[u] - \text{fruit（水果），June（六月），July（七月），} \\
\qquad \text{rule（規則），true（真實的），student（學生）。} \\
[\upsilon] - \text{put（放），sugar（糖），full（滿的）。} \\
[\iota] - \text{busy（忙的），business（商業）。}
\end{cases}
$$

$$u \; 讀 \begin{cases} [\text{w}] - \text{question（問題）,　quite（完全地）,　quiet（安靜的）,　quickly（快地）,　language（語言）。} \\ [\text{ə}] - \text{succeed（成功）, August（八月）, until（直到）。} \\ [\text{ju}] - \text{use（使用）,　future（將來）,　duty（責任）,　university（大學）。} \end{cases}$$

10. ou

$$ou \; 讀 \begin{cases} [\text{ʌ}] - \text{country（國家）,　enough（充分的）,　southern（南方的）,　couple（一對）,　young（年輕的）,　cousin（表兄弟姊妹）,　rough（粗暴的）,　double（兩倍）,　touch（碰）,　trouble（麻煩）。} \\ [\text{au}] - \text{out（在外）, mouse（老鼠）, noun（名詞）,　south（南方）,　loud（響）,　cloud（雲）,　found（找到）,　proud（驕傲的）,　ground（地）,　mouth（口）,　pound（磅）。} \\ [\text{u}] - \text{soup（湯）,　you（你）,　youth（青年）,　through（經過）。} \end{cases}$$

11. ow

$$ow \; 讀 \begin{cases} [\text{au}] - \text{how（如何）,　down（向下）,　cow（母牛）,　brown（棕色）, flower（花）, power（力量）,　vowel（母音）, tower（塔）, allow（允許）。} \\ [\text{o}] - \text{own（自己的）,　owe（欠）,　grow（生長）,　throw（投擲）,　flow（流）,　crow（烏鴉）,　row（排）,　low（低的）,　below（下面）。} \\ [\text{ɑ}] - \text{knowledge（知識）。} \end{cases}$$

12. ere

ere 讀 $\begin{cases} [\text{ ɪr }] - \text{here}（這裏），\quad \text{severe}（嚴屬的）, \\ \qquad\quad \text{sincere}（誠摯的）。 \\ [\text{ ɛr }] - \text{were}（是），\quad \text{where}（哪裏），\quad \text{there}（那裏）。 \end{cases}$

13. or

or 讀 $\begin{cases} [\text{ ɝ }] - \text{word}（字），\quad \text{work}（工作），\quad \text{world}（世界）, \\ \qquad\quad \text{worse}（較壞）。 \\ [\text{ ɔr }] - \text{or}（或），\quad \text{nor}（也不），\quad \text{for}（因為）, \\ \qquad\quad \text{before}（以前）。 \end{cases}$

B. 子 音

14. ed

ed 讀 $\begin{cases} [\text{ t }] - \text{liked}（喜歡）。 \\ [\text{ d }] - \text{saved}（救援）。 \\ [\text{ ɪd }] - \text{wanted}（要）。 \end{cases}$

15. s

s 讀 $\begin{cases} [\text{ s }] - \text{six}（六）。 \\ [\text{ z }] - \text{is}（是）。 \\ [\text{ ʒ }] - \text{usual}（平常的）。 \\ [\text{ ʃ }] - \text{sure}（一定的）。 \end{cases}$

16. x

x 讀 $\begin{cases} [\text{ ks }] - \text{except}（除外）。 \\ [\text{ gz }] - \text{example}（例子）。 \end{cases}$

17. wh

wh 讀
$\begin{cases}[\text{ h }] - \text{who}（誰）,\quad \text{whole}（全部的）,\quad \text{whom}（誰）。\\ [\text{ hw }] - \text{what}（什麼）,\quad \text{when}（什麼時候）,\quad \text{which} \\ \qquad\qquad （哪一個）,\quad \text{where}（哪裏）,\quad \text{wheat}（小麥）, \\ \qquad\qquad \text{wheel}（車輪）。\end{cases}$

18. th

th 讀
$\begin{cases}[\text{ θ }] - \text{think}（想）。\\ [\text{ ð }] - \text{this}（這個）。\end{cases}$

19. ch

ch 讀
$\begin{cases}[\text{ k }] - \text{chemistry}（化學）,\quad \text{stomach}（胃）。\\ [\text{ ʃ }] - \text{machine}（機器）。\\ [\text{ tʃ }] - \text{rich}（富有的）。\end{cases}$

20. tion

tion 讀
$\begin{cases}[\text{ ʃən }] - \text{action}（行動）。\\ [\text{ tʃən }] - \text{question}（問題）,\quad \text{suggestion}（建議）。\end{cases}$

◎通常 "tion" 都讀 [ʃən]，讀 [tʃən] 係例外。

21. n

n 讀
$\begin{cases}[\text{ n }] - \text{name}（名字）。\\ [\text{ ŋ }] - \text{king}（國王）。\end{cases}$

22. gh

gh 讀
$\begin{cases}[\text{ f }] - \text{cough}（咳嗽）,\quad \text{tough}（硬的）,\quad \text{laugh}（笑）, \\ \qquad\quad \text{enough}（充分的）,\quad \text{rough}（粗暴的）。\\ \text{不發音} - \text{light}（光線）,\quad \text{fight}（作戰）, \\ \qquad\qquad \text{thought}（思想）, \text{night}（夜）, \text{right}（對的）, \\ \qquad\qquad \text{though}（雖然）。\end{cases}$

附錄三　不發音字分析

A. 母　音

1. a : al 的 "a" 不發音

 metal [ˈmɛtl̩] 五金

 hospital [ˈhɑspɪtl̩] 醫院

 capital [ˈkæpɪtl̩] 首都

2. e

 2.1 el 的 "e" 不發音

  travel [ˈtrævl̩] 旅行

  tunnel [ˈtʌnl̩] 隧道

 2.2 動詞後面加的 "ed", "e" 不發音

  burned [bɝnd] 燃燒

  seemed [simd] 似乎

  placed [plest] 放

  helped [hɛlpt] 幫助

  missed [mɪst] 想念

  ◎如果動詞的末尾是 "t" 或 "d" 加 ed，須讀 [ɪd] 的音。

 2.3 en 的 "e" 大致不發音

  even [ˈivən] 甚至；連

  heaven [ˈhɛvən] 天

  sudden [ˈsʌdn̩] 突然的

  seven [ˈsɛvən] 七

  eleven [ɪˈlɛvən] 十一

  kitten [ˈkɪtn̩] 小貓

◎ e 讀 [ə] 的字
open [ˋopən] 開
happen [ˋhæpən] 發生
oxen [ˋɑksən] 牛

2.4 en 在字的中間時，"e"也有不發音的
recent [ˋrisn̩t] 最近的
present [ˋprɛzn̩t] 現在的
absent [ˋæbsn̩t] 缺席的

2.5 字尾的"e"都不發音
come [kʌm] 來
live [lɪv] 住
some [sʌm] 一些
able [ˋebl̩] 能夠…的

2.6 e 不發音
foreign [ˋfɔrɪn] 外國的
neither [ˋnaɪðɚ, ˋniðɚ] 兩者皆不
either [ˋaɪðɚ, ˋiðɚ] 二者之一

3. o

3.1 on 的 "o" 不發音
reason [ˋrizn̩] 理由
season [ˋsizn̩] 季節

3.2 o 不發音
people [ˋpipl̩] 人民
prison [ˋprɪzn̩] 監牢
lesson [ˋlɛsn̩] 功課
person [ˋpɝsn̩] 人

177

pigeon [ˈpɪdʒən] 鴿子
poison [ˈpɔɪzn̩] 毒藥
cotton [ˈkɑtn̩] 棉花

4. u 不發音

build [bɪld] 建築
guest [gɛst] 客人
tongue [tʌŋ] 舌
liquor [ˈlɪkɚ] 酒精

B. 子 音

5. c 不發音

muscle [ˈmʌsl̩] 肌肉

6. d 不發音

handsome [ˈhænsəm] 美的；英俊的
handkerchief [ˈhæŋkɚtʃɪf] 手帕
Wednesday [ˈwɛnzdɪ] 星期三

7. h 不發音

hour [aʊr] 鐘點
honor [ˈɑnɚ] 光榮
forehead [ˈfɔrɪd] 前額
honest [ˈɑnɪst] 誠實
heir [ɛr] 繼承人

8. l 不發音

talk [tɔk] 談天
chalk [tʃɔk] 粉筆

could [kʊd] 能夠
would [wʊd] 將要
walk [wɔk] 走路
alms [ɑmz] 施與物
should [ʃʊd] 應該

9. p

9.1 p 不發音

corps [kors] 隊
receipt [rɪˋsit] 收據

9.2 ps 的 "p" 不發音

psychology [saɪˋkɑlədʒɪ] 心理學

10. s 不發音

island [ˋaɪlənd] 島

11. t 不發音

listen [ˋlɪsn̩] 傾聽
Christmas [ˋkrɪsməs] 聖誕節
castle [ˋkæsl̩] 城堡

12. b

12.1 bt 的 "b" 不發音

debt [dɛt] 債
doubt [daʊt] 懷疑

12.2 mb 的 "b" 不發音

bomb [bɑm] 炸彈
dumb [dʌm] 啞的
lamb [læm] 小羊

comb [kom] 梳
climb [klaɪm] 爬
thumb [θʌm] 拇指

13. gh 不發音

sigh [saɪ] 嘆氣
light [laɪt] 光線
right [raɪt] 對的
fight [faɪt] 作戰
night [naɪt] 夜
though [ðo] 雖然

14. kn 的 "k" 不發音

knee [ni] 膝
knit [nɪt] 編織
knight [naɪt] 武士
kneel [nil] 跪
knock [nɑk] 敲
knowledge [ˈnɑlɪdʒ] 知識

15. mn 的 "n" 不發音

autumn [ˈɔtəm] 秋
column [ˈkɑləm] 柱

16. w

16.1 w 不發音

two [tu] 二
who [hu] 誰
knowledge [ˈnɑlɪdʒ] 知識
towards [tɔrdz] 向
sword [sɔrd] 劍

answer [ˋænsɚ] 回答

16.2 wr 的 "w" 不發音
write [raɪt] 寫
wrist [rɪst] 手腕
wrong [rɑŋ] 錯的
wreath [riθ] 花圈

17. 雙子音：只讀一音（雙重子音如： bb, cc, dd, ff, gg, ll, mm, nn, pp, rr, ss, tt, zz 只讀一個子音）
rubber [ˋrʌbɚ] 橡皮擦
middle [ˋmɪdl̩] 中央
struggle [ˋstrʌgl̩] 奮鬥
common [ˋkamən] 普通的
happy [ˋhæpɪ] 快樂的
class [klæs] 班級
occupy [ˋakjə‚paɪ] 佔領
differ [ˋdɪfɚ] 不同
umbrella [ʌmˋbrɛlə] 雨傘
dinner [ˋdɪnɚ] 晚餐
sorry [ˋsarɪ] 抱歉
butter [ˋbʌtɚ] 牛油

18. 雙子音：兩個皆要讀，但有時雙重子音，兩個都分別讀音。
accept [əkˋsɛpt] 接受
succeed [səkˋsid] 成功
midday [ˋmɪd‚de] 中午
wholly [ˋhollɪ] 完全
unnatural [ʌnˋnætʃərəl] 不自然的
accent [ˋæksənt] 重音
accident [ˋæksədənt] 事故

suggest [səgˋdʒɛst] 建議

meanness [ˋminnɪs] 卑鄙

英檢小三通 隨身法寶

讓您輕鬆成為英檢達人

全民英檢 單字通

- 內容完全符合語言中心公佈之全民英檢中級參考字表。
- 隨字列出同反義字、片語、例句,相關資料一網打盡。
- 口袋大小隨身攜帶,讓您走到哪、背到哪,每天累積字彙實力。

全民英檢 片語通

- 精選超過900個全民英檢出題率最高的片語,幫助讀者確實掌握重點。
- 補充同反義字詞、用法解說及片語例句,讓讀者立即吸收關鍵資訊。
- 輕巧便利的設計,方便讀者輕鬆學習,絕無負擔。

全民英檢 聽力通

- 口袋設計隨時聽 ➡ 增強聽力有效率。
- 仿英檢中級聽力測驗 ➡ 提升應試熟悉度。
- 六回試題、三種題型 ➡ 增加實戰經驗。
- 每回試題後面緊接翻譯與提示 ➡ 重點掌握迅速確實。
- 比照英檢間隔與速度錄製 ➡ 臨場作答得心應手。

成書尺寸15cm x 10.5cm

GEPT

全民英檢初級模擬試題

Barbara Kuo／編著

10回全真模擬試題，附加試題解析與聽力腳本，讓你英檢一次就過！

☑ 收錄所有題型：
完整收錄英檢初級所有題型——聽力、閱讀能力、寫作能力和口說能力四項測驗。

☑ 符合英檢程度：
從情境、用字、句法與發音各方面嚴格把關，符合全民英檢考試初級之程度。

☑ 比照考試模式：
比照真實考試的間隔與速度，在家也能如同考場。

☑ 版面清楚明瞭：
版面為大開本，大題之間依照英檢考試順序分類，讓你一目瞭然，臨場作答得心應手。

三民網路書店 會員

獨享好康
大 放 送

書 種 最 齊 全
服 務 最 迅 速

超過百萬種繁、簡體書、外文書5折起

通關密碼：A5529

憑通關密碼
登入就送100元e-coupon。
（使用方式請參閱三民網路書店之公告）

生日快樂
生日當月送購書禮金200元。
（使用方式請參閱三民網路書店之公告）

好康多多
購書享3%～6%紅利積點。
消費滿350元超商取書免運費。
電子報通知優惠及新書訊息。

三民網路書店 www.sanmin.com.tw